随心所遇

魏　敏◎著

黄河出版传媒集团
阳光出版社

图书在版编目（ＣＩＰ）数据

随心所遇/魏敏著.--银川：阳光出版社，
2024.1
ISBN 978-7-5525-7225-4

Ⅰ.①随... Ⅱ.①魏... Ⅲ.①散文集—中国—当代 Ⅳ.①I267

中国国家版本馆CIP数据核字(2024)第028387号

SUIXINSUOYU

随心所遇   魏　敏　著

责任编辑　王　瑞　徐文佳
封面设计　候　泰
责任印制　岳建宁
策　　划　东方巨名
统　　筹　赛　娜

黄河出版传媒集团
阳　光　出　版　社　出版发行

出 版 人　薛文斌
地　　址　宁夏银川市北京东路139号出版大厦（750001）
网　　址　http://www.ygchbs.com
网上书店　http://shop129132959.taobao.com
电子信箱　yangguangchubanshe@163.com
邮购电话　0951-5047283
经　　销　全国新华书店
印刷装订　运河（唐山）印务有限公司
印刷委托书号　（宁）0028376

开　　本　710 mm×1000 mm　1/16
印　　张　16.75
字　　数　200千字
版　　次　2024年1月第1版
印　　次　2024年1月第1次印刷
书　　号　ISBN 978-7-5525-7225-4
定　　价　68.00元

自述及开卷语

　　一个别人口中的漂亮女人，一个只想简单做人、认真做事的自己，注定要先学会接受职场质疑、周遭诟病。经过寒窗苦读、文化浸润、艺术修为，由内而外转了乾坤、洗尽铅华。

　　我曾经在音乐的启蒙下，开启青春之志；在喧嚣的群众文化工作中发愤图强，成家立业；在耀眼的荧屏内外标新立异，沉浮求索。

　　茫茫人海款款前行，百转千回，终不改赤子之心，一份纯粹。

　　甲子岁、耳顺年，这样的人，您是否愿与之短暂同行，在她的文字里听一段弦歌，找一帧画面，品记忆春光，看岁月风景？

偶然（代序）

她与他，原本各居一隅，各行其道。把她与他的相识归于一种偶然，她会赞同吗？

其实，那确是偶然，偶然得来不及酝酿动机。然而，偶然之后，她与他都往前迈了一小步。那一小步，看似轻盈轻松，却也有些沉重，止于纠结之前，不至于自我谴责。没有偶然结束，也没有把偶然带进俗套。

即便是两颗各有固定轨道的星，也会偶有趋近的时辰吧？况且她与他还有相同的爱好和相近的职业。她与他，因此有了少许的书信、文字往来，有了少许的工作交集，甚至还有偶尔一次的不期而遇。

屈指可数的文字往来，或是零星的篇章，或是一本薄书。即便如此，也可能引起他人的不安或介意。少许的工作交往，为的是同样的目标。那目标，或是具体的某个人，或是宽泛的某个行当。认知上的差异，在她与他之间似乎很小，几近于无，但没有人把她与他定为工作搭档。

他欣赏她的纯，他也认可她的随心所遇，乃至随遇而安。他知道还有一个词，叫随心所欲："遇"与"欲"同音，但其间的跨度太大了。

他只知道她这些年来一直写歌词，不知道她还一直写散文——现在叫随笔了。

如今，她写好自己的随笔集后，问他："能给我写篇序吗？"

他的印象中，这是她第一次直截了当地向他提要求，而且没有什么限制。

从她的随笔集中，他看到的是介于熟悉和陌生之间的她，介于清纯和庞杂中的她，介于抒情和哲思中的她。读完之后，有联想，有愉悦。这两点收获，其他读者应该也会有。

既然没有限制，他就随心所欲地写了这么篇既不着调也不靠谱的序，题为《偶然》。看似偶然，实则存了他与她三十多年的故事。稍不留意，你和我就会溜进去。进去的人多了，她与他的那份纯，就难免变了颜色和音调。那就不是随笔，而是俗文了。

蒋力

2022年6月15日

于沪西绿茵苑

蒋力，著名戏剧评论家、乐评人，歌剧、音乐剧制作人，中央歌剧院创作策划中心原主任。

目录

CONTENTS

第四卷

心语杂说 169

第五卷

小雅札 227

第一卷 美美与共

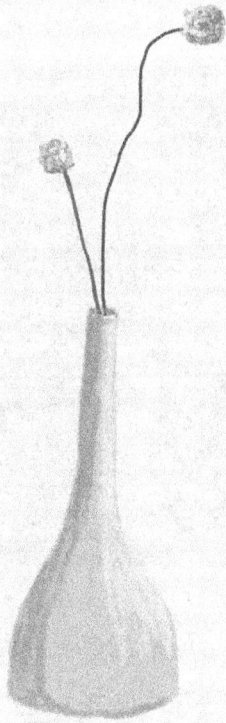

美，源于外，更发乎内。

春暖花开说画面

又是一年春暖花开。春天的画面层次感总是最强的。特别是南京这样一个历史厚重、故事太多的地方，那些有年代感的花草树木和着半城古老半城新的千姿百态，构成了名扬天下的"三月江南"。

春天，南京有几大花海最招人。梅花山的梅花自不必说，它总是含雪带霜的第一个亮相，守着大明王朝西去的宫寝，护着民主先驱壮志未酬

的慨叹，傲雪凌霜从古到今。乍暖还寒时节登梅花山，不仅有观花海的惬意，还有穿越时空与帝王分享同一处花香的傲娇；更有南京理工大学的二月兰，滋长在挺拔高挑的水杉之下的这种紫色花草，生就一副青涩烂漫和娇小妩媚模样，与这座校园相映成趣。

我因父亲老战友的缘故常去南京理工大学，每次经过这片阡陌的幽径，仿佛总能听到那些情窦初开的娇嗔情话，不知藏着多少青春期爱的渴望和甜蜜的梦幻。再就是南京林业大学的樱花了，栽种于20世纪五六十年代的樱花，经过半个多世纪的繁衍生长，那耀眼的雪白将校园装点成了樱花的王国，一簇簇、一丛丛，随着各自花期的节拍此开彼落，从春到夏。最壮观的是当一阵风吹过，那缤纷的樱花雨足以让人惊艳窒息，满是浪漫……

在自然界的画面里，人总是显得有些多余，只有与自然产生了心灵交流，有了故事，人与自然的画面看上去才是和谐的。前几年微信朋友圈里热传，北京居庸关的列车因乘客观花而被逼停。那画面的确美不胜收：只见长长的小火车穿行在居庸关起伏的铁道上，与山峦间的花团锦簇相拥而行。我联想到年轻时看过的一部电影里就有这样的画面，那是一个凄美的爱情故事。于是这个画面变成了我心中对"爱"的向往。

美好之所以美好，是因为它在一定程度上的可望不可即。如果"美好"没有了距离，没有了"可望不可即"的内心约束，一旦成为唾手可得、轻易占有的东西，那么人心就远离了道德，社会就没有了秩序，开往春天的列车载去的就不是人与自然的和谐，而是毁灭性的灾难啦！面对大自然的美好，我们应该懂得距离美的道理，心怀敬畏去欣赏。

人生就是一个个镜头、一组组画面在时光的阴晴圆缺中摄制剪辑的过程。从小到大、从青年到老年，从懵懂到有知、从青涩到成熟，快乐的、痛苦的、简单的、曲折的，爱过的、恨过的、拥有的、失去的……种种经年往昔，岁月痕迹，都会像电影胶片一样成为我们与社会对接的钥匙，到过这个世界的佐证。所以，不要光在别人的故事里感动，自己的记忆片库一定也有可以让别人唏嘘惊叹的剧情；不要说"往事不堪回首"，也不要太过沉迷与留恋那些给过我们欢喜的美妙瞬间和场景，因为很多时候，那些给我们带来痛苦、纠结的缘起缘落，恰恰是我们懂得自己、看清别人的过程。毕竟那些欢喜和美妙往往只是人性本能短暂的满足，真正滋养灵魂的一定是那些有痛感、有伤痕的记忆。

心中常有感动，眼中常有画面，才会使我们时时提醒自己要做别人眼里的风景，不要成为风景里的尘埃。

雨中听泉

——走读阿炳墓

常到无锡，却总是来去匆匆，终于在这个夏天，因赴友人之约而完成了夙愿。

一直晴好的无锡，在我决定去拜谒二泉的这天下午下起了雨。

穿过烟雨朦胧的腹地，走过一片稀疏的松树林，绕过回廊、石桥，一路打听，终于看到了传说中的二泉。

看着与想象几乎完全不同的场景，我半信半疑地向它靠近。那两眼让阿炳哭、笑、感叹、悲愤并呕心沥血地将它们化作音符的二泉，如今已如阿炳那双举目无神的眼睛般干涸地在泉台上静默着。作为文物，它们甚至有遮风挡雨的凉亭和铁栅栏的包围。

隔着铁栅栏站在泉台边，听着密集的细雨打在树叶上形成雨滴，滴滴答答地落在我雨伞上的声音，我好像听见我的琴声与阿炳的琴声在时空里交汇，在岁月中交响。那些如泣如诉的音符曾是我年少时对人生、对爱情、对理想的青涩理解和注脚，它给了我许多面对生活的坚持、隐忍和懂得拒绝的从容。

简单游览完二泉，从路旁的指示牌上看到了"阿炳墓"的标示，便循着路牌找了过去。

南方的园林九曲回廊、曲径通幽。行走其间常常会因着一湾水、一棵柳的摇曳、魅惑，让你难辨前路。我围着二泉转了一圈还是没有找着阿炳墓，只好向在园子里做小买卖的当地人打听，可他们看我的眼神使我下意识地环顾了一下四周。的确，园子里都是些闲暇的居民和老人，或下棋、或喝茶、或唠嗑，也有的三五成群伴着胡琴在飙戏，却没有像我这样正儿八经问路的游人。他们虽不是拒人于千里之外，但给人敬而远之的距离感。这样的感受、这样的氛围，让我一下明白了阿炳的感受：一个在生活的世态炎凉中窘迫挣扎的男人，每天为了生计沿街以琴为伴、以曲叫卖，每当夜幕降临便高一脚、低一脚地摸索着回到这个凄美的角落，舔舐身体与心灵的创伤，修复被世道扭曲的人性。抚一曲琴，将爱倾诉，让不平的人生流于指上、刻在弦中，把他对人生的经历，在生理黑暗中写就了比阳光灿烂、比月亮美好的音符。

不知不觉间我来到了一扇门前。我怀着疑惑，更是一份好奇地推开那扇吱呀作响的门，一尊高约四米、一袭黑衣、手抱二胡、头戴礼帽的阿炳塑像赫然出现在眼前。环顾四周，这里与其说是阿炳墓，不如说是他的"家"。

这个一生都在流浪中度过的民间艺人，终于在他背对人世的时候有了这遮风避雨的"家"。我禁不住紧走两步上前去，下意识地去触摸阿炳那搂抱着二胡、骨瘦如柴的手。此时，他佝偻的身躯恰恰与我仰视的角度相对。透过雨水，我与阿炳的目光就这样穿越时空地对视着……那一刻我的心在颤抖。那双充满渴望却无助的眼睛，那一段疼痛和卑微的生命历程，究竟还有多少爱恨情愁没有倾诉？还有多少美妙而哀怨的音符没来得及留

下？也罢，那个混沌的世界，虽然给了他一生的颠沛与屈辱，却终究成就了他才华的光辉和永远的尊严。

小泽征尔说过："阿炳的《二泉映月》是要跪着听的！"如果阿炳能听到，想必也会在九泉之下感动落泪吧。毕竟生命的意义不是寿数的长度，而是精神的存留。阿炳做到了。

要离开了，我只能在回望中告别阿炳。少年时代就结缘二胡的我，今生恐怕仅此一次在这里留下过往的脚步了……

鹤影随行

在盐城东南一隅，有一片广袤的湿地。这就是盐城丹顶鹤自然保护区。

在一个春寒料峭的早晨，我们一行四人带着节日的闲暇心情驱车来到了这个令我神往已久的地方。我想：是那个真实的故事和歌里唱的那个女孩儿把我们带到了这里……

踏上那条一望无际的路，听着路两旁一簇簇、一丛丛苍茫的芦苇荡随风摇曳的歌，我的心立刻被那美丽的传说牵引着、感召着。忘却了还有些刺骨的寒冷，抛尽了城市里的杂念，我仿佛被一种空灵的静谧吸引着扑向丹顶鹤出没的芦苇深处。不知不觉就把同伴们甩到老远。

突然，在距离我十多米的地方有两个白色的身影若隐若现，我屏住呼吸、加快脚步，靠近，再靠近。当距离它们还有几米远的时候，那美丽的身姿像白色的精灵一样一纵而起，优雅而矫健地飞向了天空。循着它们忽远忽近地飞翔，我听到了它们特有的鸣叫，在空旷的湿地上有些揪心、有些凄美……噢，我忽然领悟到了那个在黄昏中消失在芦苇深处的女孩的所想和去向。此时的我，仿佛感受到了她的处境：来有声，去无语，天地之间寻自己，茫茫人海不相许。既相见，又相知，何不随风同形影，云里雾里回梦里。

为我们做向导的那位当地年轻人与我一样，目送那两只被我惊起的丹顶鹤远去的身影，以祝贺的口吻大声告诉我："你看到的是从遥远的太平洋飞来过冬的野生丹顶鹤啊！"听他这么一说，我原本的贪婪和遗憾一下变成了欣喜和幸运。

站在那鹤去巢空的芦苇丛中，眼前是一望无际的滩涂和那条伸向天边的小路，听着头顶上不时传来如泣如诉的鸣叫，我有瞬间恍惚：是那姑娘的化身？还是她就是丹顶鹤来世上一遭？她用美丽的身姿，纯净的心灵，给我们留下一段人与自然生死相依的故事，让我们领悟人与自然的终极是和谐不是占有，让我们记住生命与生命是守望相助不是恃强凌弱。此时，耳畔那渐行渐远的鸣叫，仿佛悠悠在说——"天空没有翅膀的痕迹，但我已飞过……"

黄山行　夫妻道

记得十年前从庐山的三叠泉下来，就想着以后都不会再有登山的欲望了。而且，那次下山最后还是花了钱请滑竿儿给抬下来的。那年我三十八九岁吧。

十多年的光阴数起来很长，过起来却是眨眼的工夫……

我自己也没想到，在五十一岁生辰时，会突发奇想地有了登高看日出的兴致。

我们从南京驱车约三个半小时到达黄山景区。还好，那个时间点正是上山的在山上，下山的在途中，所以人不算多。我们的汽车也可以安稳地停放在室内停车场。虽然比露天停车场多交纳十几元钱，但在这酷暑盛

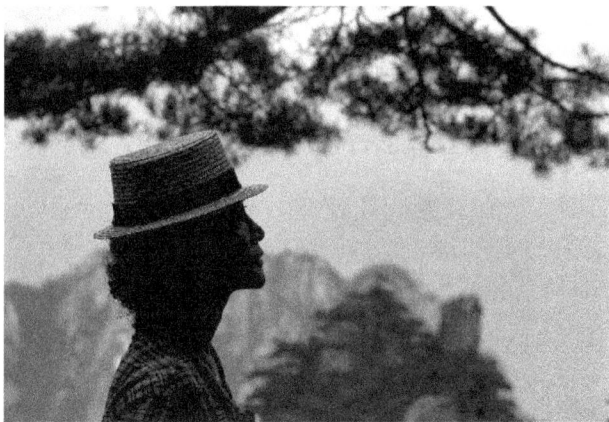

夏没遮没挡地在烈日下停上一天一夜，对人对车都是不堪设想的事儿。

我们先从黄山风景区北门乘坐大巴约三十分钟到达慈光阁，然后乘索道缆车向玉屏峰飞去。在大约四十分钟的横空穿越中，黄山让我领略了它无处不在的奇和秀。

随着索道一次次攀升、一次次缓冲，我在"腾云驾雾"的感觉中用手机拍下了一幅幅"横看成岭侧成峰，远近高低各不同"的自然景观。我尽情地呼吸着凉丝丝的清新空气；贪婪地嗅着带有淡淡松叶飘香的山风。此时，我的内心亢奋地一遍遍喊着："黄山，我来啦！……"

下了索道一问才知道，从玉屏峰到我们的目的地——西海饭店还有三十多公里的山路。据管理人员说要走两个小时左右（其实我们用了五个小时才走到）。虽然开始时脚下还带着些许弹跳，眼睛忙不迭地搜索着地图上标记的山峰和景点，手上还不停地发着微信，但是经过一两个攀爬和下行的回合之后，特别是当回头看到那一线天的"百步云梯"上人头攒动的险峻，以及老公在身边那一句听不出是激励还是打趣的"我们就是从那儿下来的"话后，我才发觉自己脚沉了、气泄了、眼直了，好一副"霜打了，雨淋了"的蔫儿相，全然没有了"一览众山小"的豪迈激情。哈哈，原来黄山用它的俊秀将我的好奇和欲望像坐索道一样升到半空，再用它的高耸、陡峭、艰险让我在一步步地丈量、一寸寸地挪移中放下一切只顾前行。

在落日即将西沉时，我们终于站到了山顶。那一刻，我突然明白了为什么许多成功人士的业余爱好是登山。因为他们不是登上山顶看风景，而是要感受挑战极限后自己成为山顶上那一道风景……

所谓天人合一，不是彼此欣赏而是彼此被欣赏。

我们下榻的西海饭店是目前黄山位置最高的五星级宾馆，坐落在丹霞峰下、狮子峰旁。丹霞峰位于黄山西海景区、石床峰东北、石鼓峰至西海门途中，为三十六大峰之一，海拔一千七百零八米，峰壁为赭色，霞光落照，色彩斑斓，因而得名丹霞。清朝诗人黄元治曰："鹄中峰已独峥嵘，台外霞光映晚晴。顶是摩霄无倚傍，心唯捧回自空明……"

来之前，我们了解到黄山观日出最佳的地方是光明顶和丹霞峰。光明顶居黄山各峰之中，来回都可以取道经过，而丹霞峰居后。所以，一般人都会建议去时先观丹霞峰，回来再看光明顶。这也是我们选择西海饭店入住的主要理由。

屋内的设施相当于城市里四星级的商务客房（没有免费的洗漱用具），不同的是衣柜里配备了两件羽绒服，抽屉里有强光手电筒。千万别以为太夸张，正所谓"高处不胜寒"，当我们简单地休息和晚餐后，走出宾馆，来到山峰环抱的平台上散步时，那湿润的冷风就给了我们充分的佐证。老公找到一个宾馆服务员详细地咨询清晨上丹霞峰看日出的路线，我在一旁"事不关己"地转悠着。忽然，几个带着滑竿儿的脚夫行色匆匆地从身边跑过，不一会儿就看见从宾馆大堂里抬出一个壮实的中年男士。据说是感觉身体不适需要连夜下山。看着他们的背影，听着他们均匀而有节奏的呼吸声渐渐远去，一份敬畏之情油然而生，也默默地为那位游客祈祷。

回到房间，我好好冲了个热水澡，身上的疲劳立刻消除了不少。躺在床上打开电视如在家似的享受着这"山中隐居"般的惬意，不由得更加感慨和敬佩那些把这一砖一瓦从山下背到山上来的建造者。

也许是山顶的空气太好，也许是身体对环境的不适应，也许是自己迫切地想要看见生日这天的第一道霞光……总之，我在那松软的大床上翻来覆去，毫无睡意。直到凌晨三点，我满怀歉意地叫醒了呼呼大睡的老公，穿上羽绒服，带上手电筒，像夜游的影子般悄悄地出了宾馆，顺着伸手不见五指的山间小道拾级而上。其实，夏季看日出一般在凌晨四五点启程就可以了，因为从我们住的地方到达丹霞峰只有约半小时的山路。

大自然也有美好和黑暗的两面。白天，所有的山峰、树影，所有的崎岖、坎坷在游人的眼里都可以变成旖旎的风景，可是，在黑暗中这一切都变成了"月黑风高""阴森可怖"的狰狞。老公始终走在我的身后用强光手电筒为我照亮脚下的每一级台阶，还不时地照向四周，以防有异动或陡峭的山崖，并且不停地说着话来缓解被寂静笼罩的气氛。我知道此时他的精神比我更紧张，毕竟他担着两个人的安危，我一步一步走在老公为我制造的光亮中，脑海里像过电影似的闪过我们这些年经历的种种。此时，那些隐藏在心底的怨恨、委屈、纠结，慢慢地在记忆里被冲淡，那些美好、真诚、快乐的时光像"太阳"一样渐渐升了起来。

大约三十分钟后我们到达丹霞峰峰顶。老公从怀里掏出早已准备好的生日礼物递到我手里。在这"危楼高百尺，手可摘星辰。不敢高声语，恐惊天上人"的情景下，在把喧嚣和浮华都暂时抛下、站在天人合一的高山之巅的时刻，是什么礼物已经不重要了，重要的是他带来了礼物……

天边开始渐渐发白，沉睡的山顶也被陆续上来的游人唤醒。由于前一天夜里黄山下了场雨，这天丹霞峰的云层很厚。看着一阵阵飘来又浮去的云雾，我们追着晨光不停地变换着位置寻找着最佳地势，目不转睛地注视着东方那一道鱼肚白的出现。黄山的日出真是守时又诚信的"怪物"。当我们一次次为它若隐若现的霞光兴奋，又一次次为它若隐若现的沉迷泄气的时候，一个熟悉黄山的游客说："这几天日出的时间都在五点四十五分，今天应该也是吧。"

我看了看表，心想：拜托哦，已经是五点四十分了，那个跟我们藏猫

猫似的红日还像被压在火焰山下的孙猴子一样在厚厚的云里呢!

我开始有点儿失望地安慰自己:得失我命,享受过程吧!

没想到奇迹真的发生了——五点四十五分,那像"纸包不住火"的太阳迅速地穿越云层、冲破黑暗,将它金灿灿的圆脸和盘托出,所有人都是在目瞪口呆之后才回过神兴奋地欢呼。整个过程就像某一次发射,之前的种种迹象只是迹象,只有准时准点儿它才像被启动了装置似的跃然而出……

真是守得云开见日出。原来从平凡到辉煌,在感知的视觉里竟是如此短暂的瞬间,只有切身经历的人才懂得过程的艰辛与曲折。

从丹霞峰下来,我们一边休息一边把从山下带上来的食物逐一"消灭"掉,算是早饭吧,这样我们就可以轻装下山啦!我们下山的路线是——从西海饭店（丹霞峰）出发，经过飞来石、光明顶、鳌鱼峰、莲花峰、百步云梯，到达玉屏峰，然后在玉屏站乘索道下到山底。

也就是说，我们要徒步翻越五座山峰，历经无数崎岖、陡峭和各种可知、不可知的辛苦。虽然黄山的石头阶梯修凿得宽窄适度、高低匀称，但毕竟是山路和岩石，而且我们都已是五六十岁，其疲劳程度可想而知。据我粗略计算，我们来回要走近一万个台阶，但我们别无选择，只有面对。当我清楚地知道这一切时，我选择了平静接受，不再说苦、不再喊累，只是低着头亦步亦趋地迈着坚定的步伐向前、向前。也不再贪恋路上的风景，因为当我一次次地超过路人，当我把一座座层层叠叠的山峰抛在身后，以一份空无杂念的平静和安详行走在绝壁间的时候，我相信自己也是

别人眼中的一道风景。

　　我们总是在不得已之后，才懂得生活中那些点滴惬意和日积月累的平平淡淡是多么值得珍惜。从黄山归来我甚至发现人们崇尚的"修身养性""韬光养晦"也并不再那么玄乎，只要你愿意置身在孤独无助的登山路上，就能收获一份大彻大悟的"仙气"。

　　感谢黄山！让我在和它一起跟大自然共同庆生（升）的同时，真正地步入了知天命的心态。

印象·宜兴

小时候常看到父亲的办公桌上有一把红土制成的小茶壶，在他唯数不多的工作的间隙把我抱在膝上陪我玩耍的时候，我才能用手够得着它。记得每次看着茶壶到我手上，爸爸那紧张而又不忍拒绝的神情以及小心翼翼护着茶壶的样子时，我都能感觉到他对那茶壶的珍爱。后来才知道那个壶叫紫砂壶。

紫砂，出自宜兴，是一种赤褐色含铁及其他矿物质的陶土，性黏、质坚。虽然它在陶土中含量极少，却是精华所在。所以，陶土的紫砂泥含量越高，价值越大。我不喝茶，所以不会品茗，也就没有很留心地了解这盛茶的本尊。要不是这次应朋友邀约参加省影协在宜兴组织的采风活动，宜兴对我来说恐怕只是之前与家人游玩过的竹海和采杨梅的记忆了。

很多时候我们对知识的获取和认知的形成，不是取决于我们对事物的认识、了解，而是因为某个契机和巧合使我们打开了心灵的窗户，放飞了求知的欲望，那些穿越时空、充满历史印记的文化符号才会被吸收到我们的脑海中成为知识。这一次，宜兴让我从那些三亿五千万年的陶土里读到了坚韧的含蓄，从满城的陶艺、瓷器中领略了紫砂文化内敛的张扬。

漫步小城古街，五步一壶店、十步一茶社，就像徜徉在紫砂历史的长廊中，更像浏览一格格泛黄的老胶片。那或摆在展柜、或散发着幽香，姿态各异，静候在茶几上的一把把紫砂壶，那迎来送往却彼此和颜悦色地讨价还价的买与卖，让我感受着一种宁静与祥和的繁荣、厚重却优雅的兴旺。我想：这就是宜兴的文化氛围吧！

在宜兴，走进任何一家壶店，老板都能如数家珍地向你讲述紫砂的古往今来。就连那年轻的小东家也能口若悬河地跟你摆摆紫砂制作工艺的龙门阵：什么是"陶"，什么是"瓷"，如何识别陶土的品质，怎样挑选一把工艺精良的茶壶……在宜兴人眼里，每一粒陶土砂粒都是宝，每一块泥料都是未来的精品。

手把一盏壶细细端详，那古朴、那质地、那状态，倒让我觉得它有了生命。那壶中飘逸的茶香和淡淡升腾的雾气，仿佛是它穿越古今呼出的气息。人生可否也该有这壶的状态：肚里容下海量春秋，嘴上却守口如瓶，需要时倾泻而出，不需要时怀一腔温度……

雨中西塘

  清明，带着小长假的闲暇，我们一行四人选择嘉兴为出游目标。为了避开车流高峰，我们决定午后出发。

  三月，江南处处是春暖花开的景象。特别是郊外那大片大片的油菜花像一幅充满生机的画卷，在抑或是小桥流水、抑或是桃红柳绿、抑或是远山村落、抑或是一望无际的变幻中铺陈开去，此时的天上人间，想必都沉浸在这生命的花海当中吧……

  天气预报说，江浙一带清明这天晚间会有中到大雨，可一路的晴朗，让我们多少对到达目的地的好天气有那么点幻想。

  沿途应接不暇的风光，让车内充满了欢声笑语，结果我们把朋友指明的正确路线完全抛在了脑后，本应从苏嘉杭高速进入浙江后再往上海方向，可我们还没出江苏就从吴中拐上了去往上海的高速路。从地图上看，我们已经走到了上海境内的青浦区，最后只能绕道318国道往回返。高速公路就是这样，走错一个出口，就是几十公里甚至上百公里的贻误，熟悉路线的，它就是个"快"；不熟悉路线的，就只能是望"悖"兴叹啦！原本三小时的路程，被茫然的瞎蒙和毫无章法的询问拖延了整整一倍的时间。不过，这一路在田园乡间里穿行，倒让我这个在广西长大的人尽情欣赏了一番烟花三月下江南的美景。

朋友在嘉善苦等了整整一天，从嘉善驱车到西塘约三十分钟。我们到达此行的目的地时，已经开始下起了瓢泼大雨。

西塘，挂着厚厚的水帘、披着薄薄的雨雾，出现在我们眼前。夜幕下，一盏盏红色灯笼勾画出她那不大却充满古朴、繁华的玲珑剔透；穿过长长窄窄的小巷，脚下的青石板在雨水中踏出"唰唰"的声音，和着手中雨伞"滴滴答答"的响声，像一组撩人的和弦，催着你往前赶。随着那夹杂着叫卖、吆喝的熙熙攘攘由远而近，古镇西塘竟让我仿佛置身在电影银幕中的某个画面：是桨声灯影的秦淮河，是吾侬软语的同里、周庄，还是玉龙雪山下的丽江……都像，又都不完全像。

朋友介绍说，这里更加自然和具有原生态。因为，小镇上的每一家店铺都是西塘人的家，有的甚至是几代人的产业。所以，不管是不是节假日，有没有游人穿梭其间，他们都是依然如故地做买卖、过生活。

时逢清明，在摩肩接踵的沿河两岸，不少人在放"河灯"，嘴里还吆喝着："放灯喽……"朋友觉得我看着稀奇，就告诉我"清明时节，吃青团、放河灯是这里的一种习俗"。看着那如繁星点点顺流而去的烛光，我想：天堂里的亲人循着这声音一定看得见这来自人间的光亮，借着那淅淅沥沥的雨水，回报一份丰沛而美好的祝福！我忍不住掏出一元钱也请了一盏船形的河灯，加入了放灯的行列。目送那承载着我对已逝亲朋好友怀念的小船，遥祝天上人间共享这自然造化的风调雨顺！

边走边看，你会在传统小吃店前驻足品尝，也会被民间古董所吸引。还有夹杂其间但明显与传统相去甚远的印象酒吧，那里面传来的是年轻人的流行语，甚至外语。哦，当然还有必经的"烟雨长廊"。

看过《廊桥遗梦》的人，在这里一定能找到书中所描述的那个特殊场景和属于你自己的那段廊桥遗梦。这座始建于1637年的廊桥还有一个颇具民俗风情和使命感的名字——"送子来凤桥"。本来就不算宽的走廊，被一道木质镂空的墙隔开，一边用来求子，一边用来求女。随着社会的进步和发展，这座廊桥在移风易俗的现代文明中焕发出它独特的魅力。1997年，政府出资将它修葺一新，让我们得以一睹它端庄、内敛的妆容。我留心观察着身边的游客，发现人们更多的是在这里观赏和小憩。朋友似乎又猜透了我的心思，向我介绍了西塘人早已释怀的生育观念，并以嘉善现在是"全国计划生育模范城市"的事实佐证了这一切。其实，西塘人给我的那种生活富足后的从容感和面对外来诱惑的木讷感，正是它的魅力所在。

来西塘，当然还要找一处可以临水眺望的"西塘人家"。靠窗而坐，点上一桌西塘小吃，叫一壶西塘黄酒，抛开烦恼和疲劳，上演一出"春风又度江南秀，悠然独上杏花楼"的惬意。品西塘小吃，一定要有浓香肉酥的"荷叶粉蒸肉"、汤鲜爽口的"馄饨老鸭煲"、色鲜味美的"送子龙蹄"，以及荠菜包圆、蒸双臭、螃蟹鱼、八珍糕、千层饼、水豆腐等。

　　酒足饭饱后，我下意识地起身推开窗户向外看去：烟雨中，狭窄的河堤两岸人头攒动、车水马龙。丈夫在身边轻叹道："好一幅《清明上河图》！"他这一句感叹，像推开了时空隧道的大门，一下就让我捕捉到了对西塘的准确印象——景同此情，人同此心。百年后，我们又何尝不是后人们羡慕的"古人"呢？

　　雨中的西塘，也许才是本真的西塘。

和谐四韵

秦淮温度

到南京工作数年，家就在外秦淮的草场门一带。前些年，这一片还属于比较偏的新区，每到夜晚多少有些冷清。近几年，经过城市建设和规划，形成了环绕在城西的一个集人文和生态于一体的绿化带。

自从秦淮河上构筑了护河大堤，我们所处的龙江小区以及方圆百里的市民就像家家都多了一个后花园，人人的心里都多了一点被阳光照耀的惬意。

每个晴朗周末的下午，我都会到草场门与清凉门那一段的秦淮河堤上散步。特别是初春时节，绵延十几公里的河堤被绿草、鲜花、柳树、亭阁装点得桃红柳绿，曲径通幽。我总喜欢从草场门桥出发，沿河堤走到清凉门下，绕清凉门大桥下来进入石头城公园（自然景区），再顺着公园里那条用青石板铺成的堤岸一路走，到"鬼脸城"一带过桥，然后又原路返回。沿途，我时而踩在用鹅卵石铺成的最靠路边的弯弯曲曲的小径上；时而又并入那一块块具有秦淮气息的灰色方砖的道路上。路的左边是静静流过的秦淮河，右边是一幢幢外形美观、建筑精良的商品房，听说现在这里的房子都被冠以"景观房"，每平方米均价都在上万元，还抢手得很呢！

从清凉门桥下来往回走，身在那亭台水榭、小桥流水、竹影摇曳、古树参天的石头城公园里，深深地呼吸着从清凉山吹来的空气，享受着天然氧吧的清新，头顶还不时地掠过几只喜鹊，那叽叽喳喳的鸣叫，仿佛向每一位过往的人们讲述着石头城的来历。在这里，每天都会看到几位头发花白却精神矍铄的老人兴致盎然地放飞他们精致的风筝。

之前，我曾经在夜空中惊诧地看到过一种像航模又像星星排成队似的"不明飞行物"，自从与大堤结缘，我才知道那是这些风筝高手的杰作。他们一边关注着自己的风筝去向，一边打趣地调侃着别人的放飞技术，或者干脆凑到一起交流经验。我虽没有听到他们在说什么，但看他们那份和谐、淡定的神情，就知道他们是在玩味一种情趣，享受放飞心灵的境界。环顾四周，有居家主妇三五成群地在唠嗑儿；有相携相牵的老夫妻或依偎在路边的长椅上或互相捶捶腿、捏捏背地调侃着岁月的沉淀带给他们的欢愉与淡定……每当想到这些，我会情不自禁地被这一切感动，原来生活中的点点滴滴从来都是这般悄悄地温暖着每一颗跳动的心，这脚下的每一寸无语砖石竟也与桨声灯影的千年古河传递着一脉的秦淮温度。

闲情逸致

周末，我们喜欢开车到郊外转转。每到阳光灿烂、风和日丽的日子，好友一约，油门一踩，漫无目的地离开喧闹的市区，挑选一条通向城外的高速路，先享受一下风驰电掣的驾驶乐趣，让车子在奔驰中释放一下在城里的"憋屈"。跑个二三十公里，再找个出口继续向郊外开阔的腹地行驶，体验一把在泥土路上颠簸的快感。这时，工作的压力、单位里的烦恼，已基本被抛在车辘辘下，成了身后的一缕烟尘。在边寻找边行进的随性中，享受着午后阳光的极尽奢华……

我喜欢这种慵懒闲散的状态，我独爱约上两三好友，搭上汽油费，有时还得倒贴食宿也乐在其中。因为，我的主张是：去哪儿不重要，远近不重要，重要的是心情和同伴儿。

当下，能让自己的内心真的闲下来，并把它放到最柔软的地方，只为生命跳动的人并不多。有太多的取舍得失、太多的名利诱惑、太多的言不由衷、趋炎附势，可怕的是，忽略"心灵卫生"几乎成为现代人的通病。很多时候，我们为得失而较真，其实放下才是爱心；很多时候，我们面对不喜欢的人做着违心的事，其实拒绝才会开心。心灵最需要顺其自然的滋养和从容淡定的呵护，不然它会使你变成一个自己都不认识的怪物，招人烦、讨人嫌。

所以我的假日一定不是花费心思在报纸、电视上寻找旅游热点，而是先睡个美容觉，然后约上意趣相投的亲朋好友，打开导航说走就走。哦，我还会为自己准备一盘近期爱听的CD，它可是我驾驶过程中不可缺少的心灵润滑剂。

性格·小吃

一早来上班，办公室的老大姐喜上眉梢地告诉我："'活珠子'来啦！我家丈夫刚送来了几盒。这下大家可别再拿这说事了哦……"

活珠子，是一种可以孵化小鸡的种蛋，按时间长短分为"活珠子"和"旺鸡蛋"两种，也算是一种风味小吃吧。南京人吃"活珠子"由来已久，几乎人人都好这一口，而且流行着不少养生说法，称食用"活珠子"能够补身子、治头痛、预防中风等。

说起我们办公室的"活珠子"事件，还得说说这位老大姐的性格，她是个心直口快的热心肠。与她相处，你总能从她身上感受到一种简单、大度、平实和正直。就拿"活珠子"这事来说吧，两个星期前一早上班的时候，她就跟我们大家说，昨天她丈夫出差到六合，带回了些"活珠子"，一会儿就给她送到办公室来，而且对每个人都说："一会儿你拿几个'活珠子'回去吃吧……"

看她说得那么热闹，我们都以为她丈夫一定给她带不少回来。要知道，对于爱吃这玩意儿的人来说，一口气吃上十个八个根本不算事儿。结果不一会儿她丈夫打来电话说东西送到了。这时，我恰巧离开了办公室一会儿。等我回来时，还没进门就听到办公室里笑声一片，细听还夹杂着对老大姐的调侃。我一迈进办公室就是一阵哄堂大笑，不知是谁说道："又一个被忽悠的来了……"

原来，热心的老大姐还没等把她丈夫送来的一盒"活珠子"拿到办公室，就在楼道里遇见了一位很好这一口的领导，"哪儿弄的'活珠子'？"领导两眼放光地问。"六合。您需要吗？"老大姐答道。"好啊，好啊！"领导说着就从老大姐手中接过了那盒早已许给了我们的"活珠子"……打那天开始，"活珠子"就成了我们办公室"被忽悠"的代名词，也成了老大姐"快嘴热心"的性格标志。

趁夜寻梅

"朔风如解意，容易莫摧残。"这是《甄嬛传》里女主角的台词。剧中的甄嬛无心踏雪寻梅却寻来了一生的命途多舛与精彩。也许是性格的某些暗合，我竟也是这独辟蹊径的喜好者。

农历正月十五以后，就进入了南京的梅花季节。或早或晚的，每年的梅花节总要持续至阳历的三四月，这给南京人的休闲观赏增色不少。别人赏花总在白天，而我独爱趁夜寻梅。

夜幕降临，华灯初上，沿着蜿蜒向上的柏油路驱车进入中山陵。清静的路上没有白天的喧嚣和川流不息，可以尽情享受路畅心宽的惬意，以及中山陵里各种珍稀灌木随晚风拂来的无名芳香。从明孝陵再向西不远就到了梅花谷，老远就能闻到梅花那沁人心脾的味道，扇动鼻翼深深呼吸，如同饮入一口清甜的泉水。我们一干人在花丛中徜徉，一会儿她发现一株姿态婀娜的粉梅，一会儿他又举着相机对着那花团锦簇的红梅兴奋不已。先生特别喜欢白梅，站在一棵花枝丰满又仪态翩跹的白梅前细细观赏，并为我们每个人拍下美好的瞬间。

月光和霓虹映衬下的梅花，仿佛披着神秘的面纱，越发冷艳、妩媚。当你一次次地与那些花的生命零距离交流时，感觉是那么怡然而美妙；当你一次次被它的绽放所感动而露出笑容时，会忽然觉得生命的原动力这么简单就被激活了。有花为伴，你会忘记你的生理年龄，在镜头前留下你的灿烂；有花为伴，你不会觉得夜黑、霜冷，只会在聚焦中深情地传递温暖。几个大概常到这儿散步的游人，看到我们煞有介事地冲着梅花一次次地按快门，疑惑地停下脚步，等着看我们能拍出怎样的效果。结果当然出乎他们的意料，照片里人和景在高度清晰下的

完美衬托，让我想起"红了樱桃、绿了芭蕉"的相得益彰、赏心悦目。看着他们带着惊叹讪讪离去，我们心里充满了自得的期待：也许不久这月下梅花谷的宁静，将在一传十、十传百中悄然成为又一道风景……

美，无处不在。它是自然的投射，也是我们心灵的导航。

再别京城

女儿对我说，她儿子两岁生日时想带他到北京去看看升国旗。

小外孙在他七八个月时，一看到电视上升国旗、奏国歌就会有样学样地立正、敬礼，国歌不结束他就不放下敬礼的小手，"前进、前进、前进进"是他稚嫩时期学会的第一句歌词。虽说这少不了当过兵的姥爷的影响，但能如此自觉地"条件反射"，我们都觉得不能让这幼小的爱国之心因我们的习以为常而被忽略和淡漠。

于是，2019年11月，我们也成了涌入北京爱国热潮中的一员。

离开北京快15年了，期间回去过3次，一次去处理我在大兴的房产，一次去办理驾照，还有一次是回中央电视台公干。

那时总还是不太接受自己已

经不属于这个城市的现实，逗留的日子里既不去会朋友，也不去访故地，而是喜欢"身在其中"地独处；喜欢如常地行走在西城一带的路上；在天桥上看车水马龙，闻一闻从故宫里蔓延出来的皇城气息；从东单、西单一路向西，经北河沿、南河沿大街过天安门，到复兴门，直到南礼士路、公主坟；在夜风中找一找那份挥洒寂寞的感觉。

　　然而，这次到北京的感觉完全不同。也许是年龄与角色不一样了吧，我发现自己的心态就像游客。在女儿非常紧凑的日程安排下，还惦记着约约老朋友、看看我生活过的老地方，甚至还跑到中央电视台东门留了个影，心里却分明没有了那份与它相关的感慨。

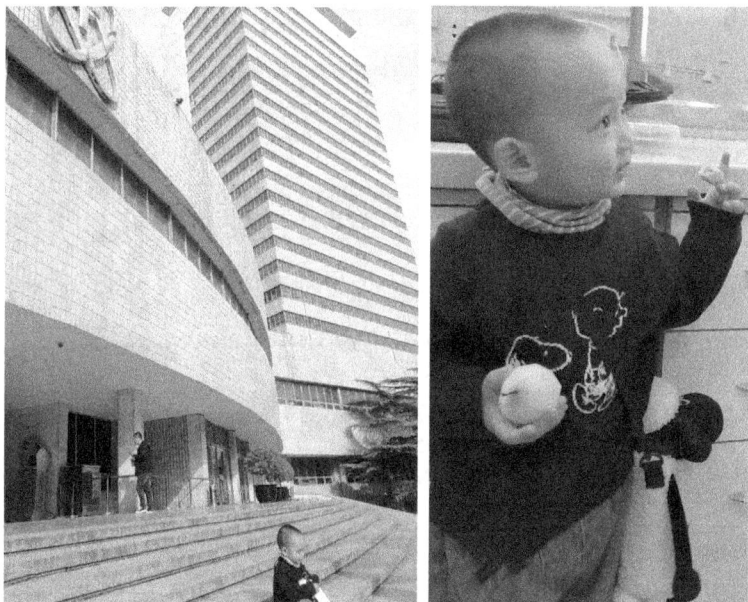

北京是个追梦逐梦的地方。没有欲望、没有名利的追求，你很难让自己心甘情愿地待在那里，更不会对它恋恋不舍，因为北京实在太大了，对于平淡生活来说它远不及在任何一个中小城市方便。动辄一两个小时的路程，还要挤地铁、追公交，胡同那叫一个长，马路那叫一个大，不熟悉路线的人一出门就得犯傻，问路都不知怎么开口，就算热情的北京人耐心地告诉了你，你还是会蒙。

北京又常常显得很小。三人以上就会有你耳熟能详的名人，五人成群就没准能邂逅几个所谓的明星或业界精英，再不然往三里屯一扎，"明星梦"也许就在你不经意的推杯换盏之间成为现实。

对我来说，从20世纪90年代初进入中央电视台，到2005年离开，应该说北京是我人格得以完善、生命最华彩的地方，也是让我读懂生活的艰难、奋斗"痛并快乐"的战场，更是指引我找到信仰、修炼淡定、深怀坦然的精神殿堂。

正像那首歌里唱的"我们在这儿欢笑我们在这儿哭泣……我们在这儿寻找也在这儿失去"。它唱出了我在北京那些日日夜夜曾经的光鲜亮丽，也唱出了那些在人前人后的不堪与不懈的坚持。

毋庸置疑，我喜欢北京，也深爱过北京。

北京人没有偏见，因为他们见得太多，无论什么人或事，都在惊天动地中习以为常。北京人宽容，因为从古到今，政治风云、指点江山的人事更迭早已让他们懂得顺应。

北京城里没有真正的小人物，也没有绝对的"大领导"。

农民工小吧，一不留神就是某项大工程的参与者和缔造者；后海那些拉着游客串胡同的板儿爷小吧，没准人家就是某个上千万老宅院的主人；就连北京城里的清洁工也不可小觑，扫的也是长安街、守的可是"宫"里的厕所呢；街上跑的"的哥"张嘴就跟你谈国事，参政议政的感觉就跟唠自个家里的事儿似的。可这正是北京在我们这些爱它的人眼里最津津乐道的人文气息和风情，也是它能像磁铁一样让我们甘愿被它牢牢吸住的魔力所在。

时光依然最青睐紫禁城。北京没有变，我却不复当年。褪去了咄咄逼人的要强，换上了迎风而立的淡定，怀揣过往，站在红墙之外。再堵的人浮于事，也掩盖不住皇城的庄严宏伟；再自我的豪放不羁，也会被磨炼成坚不可摧的定力。

北京还是那么大，原来是它盛着我的心，现在是我把它装进了我的心，从容地接受。不，应该是享受着离开它以后在任何一个城市里的平淡与渺小。

别了，北京！此生有你曾经的拥我入怀已是"人间值得"。而那些梦寐以求却真切拥有过的人和事，也会随着兜兜转转的时光，成为茶余饭后的谈资。偶尔提起，或化为一抹淡淡的笑意留在唇边。而你——北京，只会是我越来越安稳的梦乡里呢喃念叨的祖国首都。

漫步云南

飞向彩云南

8月3日至6日，在南京的持续高温中，我们选择逃也似的离开，飞往彩云之南，洱海之畔……女儿把我们送往机场，一路上，这个"丽江迷"兴致勃勃地给我们恶补着各种云南旅行的注意事项和经验教训。说到天气，先生有些忧虑地说："看了这一周的天气预报，大理一直有雨，而且是中到大雨。"这几天他已经在我耳边唠叨了好多遍了，我嘴上虽没说，心里也是弱弱地抱怨着。没想到女儿酷酷地说："云南的雨不用在意它，大雨、小雨都是一阵而已，雨过天晴是那里的常态。"我虽然将信将疑，但总比听先生的"天气预报"舒服多了。

南京机场里人很多，暑假期间处处都是带孩子出门旅游的家庭。还好，我们搭乘的航班并不算晚点。

安检时，我这个"剪刀控"放在化妆包里的一把精致的扬州"张小泉"小剪刀被检查了出来。安检人员态度不错，耐心地解释着："一般化妆用的小剪刀只要是圆头的，像这样大小是可以带的，但这样的尖头形状，明显呈锐器的就不能随身携带了，可以托运或寄存下来，等返回时再来取。"于是我只好乖乖地把它留在了寄存处。各位爱美的出行女达人可要记住啦，化妆包里的小剪刀可以有，但一定要是圆头的。

我们乘坐的是从南京到昆明再转大理的航班。飞机一进入云南，那云就千姿百态起来。湛蓝湛蓝的天是底色，绵白绵白的云是花朵，分分秒秒不停地变换、组合出各种图案，仿佛是要跟地上的山水映衬出一幅幅画卷。我虽然不是第一次飞云南，却是第一次有这样的闲情逸致感受云南的天。

下午6点多我们乘坐的飞机降落到了大理机场，大理机场很小但很简洁。如果把现在许多大中城市的机场比作"贵妇"，那么我眼前的大理机场就像小城镇上某个大户人家的"千金小姐"，既有养在深闺的淳朴、简约，又有出水芙蓉的端庄、秀丽，这让我一下子回到了20世纪七八十年代的感觉。那个时候，其实除了北上广，城市机场普遍都是这样的规模，让人感受到的舒适度也是很纯粹的。

高原的确不一样。我们入住安顿好后，已经是晚上7点30分左右，可走在大理的街上，却还像是南京下午四五点的感觉。刚下过的一场大雨并没有让我们觉得潮湿，因为走在路上我们脚下没有积水，抬头依然可见蓝天白云。

因为考虑到要离机场近一些，所以选择了住在开发区的海龙湾酒店。酒店虽说能看到洱海，也很舒适，但外部环境堪忧，到处是吊车、施工现场，身边不时有拉着水泥、渣土等建筑材料的货车轰鸣而过。即使这样，紧邻洱海的大环境还是很凉爽，没有南京闷热和潮湿的体感。沿着滨海大道漫步，既是感受和适应一下陌生的环境，也是想找个填饱肚子的地方。一天的路途奔波，也不是太有胃口，只想来碗可口又具当地特色的米线，但长长的海滨路上多是像城市里的高档酒店，没有米线一类的小吃。好不容易找到了一家白族风情酒家，并选择了天台上露天的藤蔓下，靠近花池旁的一处雅座，点了一大碗酸辣口味的云南米线和几个当地时令炒菜，喝着普洱茶、看着头上依然变幻多姿的云朵，我们吃得非常舒服，对于好久没有在花前云下品尝人间烟火滋味的我来说，纵然是粗茶淡饭也是甘之如饴、十分舒畅。

感受丽江

数年前，我陪女儿跟旅行团到过丽江。对它独有的一米阳光、四方古街很有好感。这次旅行本没有计划在内，还是女儿的建议让我决定帮先生圆了丽江之行的愿望。

我们选择的交通工具是K字头的火车，也就是俗称的"绿皮火车"。从大理到丽江每天有四五趟车，快的一个多小时，慢的3个小时。我们买的是上午9点的K9629次列车，全程需要3个多小时。我们想，既来之则安之，到了云南就是要感受"云"一样的慢生活。

一早，由宾馆安排的出租车把我们送到大理火车站。车站不大，从外观到里面都还是内地20世纪七八十年代火车站的模样，管理上却跟高铁、动车一样，要经过两道关卡，一道是过安检，一道是验票（对了，上了火车还有一次验票）。我们跟在长长的队伍里显得很突出，因为我们是当天往返所以没有携带行李，而其他旅客要么是跟着旅行团的、要么是大理当地老百姓往返于丽江做买卖的，所以都是大包小包的行李，但是很有秩序。云一样的不温不火是这里每个人必会染上的"传染病"。

进站后远远就看到那既熟悉又陌生的绿色"长龙"的身影。习习的风吹来它特有的气味，那拿着长柄小铁锤在铁路上边走边弯下身叮叮当当敲打的检修工人，那一阵一阵"扑哧……扑哧……"从车厢下发出的声音，都让我感到久违的亲切。火车非常准点地开动了，那种相对而坐的老式卡座很容易就把天南地北的口音和陌生感化为零。于是，没有客套的寒暄，没有忌讳的食物分享很自然地弥漫在旅途中。车厢里很干净，不时有乘务员在过道上提供着各种服务。

火车在洱海和山洞之间走走停停。知情人解释说，其实大理到丽江的车程只需一个多小时，因为我们这趟火车是最早的，所以一路上要给好几趟列车让道，而其他车次就不存在这个问题。嗨，反正就是个"慢"呗！到了这里，面对"慢"的事、"慢"的人，你没脾气就对了。在车上看到好朋友分享的微信才知道，我们乘坐的这辆绿皮火车的线路被誉为"全国十大最美火车线路之一"呢。可是我看了看车窗外并没有说得那么好。身旁一位常到大理的游客说，因为今天天气不好，而且在大理，早上并不是它最好的时间，否则这一路是可以看到苍山、洱海的旖旎风光的。在大理，一般午后至晚上七八点的景色是最好的。这一点我们的确有同感。

12点左右，列车到达丽江。出站后我们躲开了各种拉客，径直找到了从火车站到丽江古镇的18路公交车，走七八站路程到"忠义街"站下，过个马路就进入古镇的范围了。

当年跟着旅游团来丽江时，因为导游先把我们带到古镇中心的四方街，所以我以为四方街才是古镇，其实不然。从忠义街进入的好像是古镇的南门，不跟旅行团的散客每人要交80元的古镇维护费，也就是门票。

我们跟着大多数游人漫无目的地向着四方街走去。虽然是中午，走在古镇街上却让你感受不到太阳的烘烤，也不会汗流浃背。要是这个时间漫步在南京的大街上非中暑不可。不过就算这样，女士还是要记住防晒，因为这里毕竟是高原气候，太阳辐射强，有亮光就有紫外线。

虽然是第二次来丽江，但她神奇的安详感和独特的慵懒气质总会唤起我对她不厌的好感和无休止的好奇。据说从清朝开始，一些八旗子弟、皇亲贵族随着征战滞留并在当地安居繁衍，后又与当地族人、头领在不断联姻、联盟中确立了统治地位，逐渐形成了今天的丽江古镇。电视连续剧《木府风云》，就是以丽江古镇的历史为背景创作的。丽江古镇的建筑结构和配套设施都颇有皇家宫廷的模式和风范。以四方街为中心的圆形辐射式古城建筑不但四通八达、风格迥异，而且无论是高低错落、随地势修建的府邸，还是安居城内犄角旮旯的民居，都共享着那一渠清澈的山泉和无处不在的水资源。记得女儿第一次看到身旁水渠里逆流而上的小鱼执着的身影时，她竟痴迷地跟着走了几十米远。那大概是她第一次领悟生命的顽强与执着吧。

先生是第一次走进丽江，对于他这个曾经几乎走遍云南大山丛林，又来自江南古镇之都的老兵来说，似乎不会有太多的惊喜，但看得出来他对这里的一切仍然有着浓厚的兴趣和好感。

他不停地举起手中的相机，不时对着一角屋檐、一束阳光下的邂逅、一个丽江式的发呆按动着快门，又不时追上我，和我分享他那些或得意或遗憾的画面，我真实地觉得，丽江是一个让所有陌生或熟悉她的人都能找到归属感的地方。

人们都说"入乡随俗"，女人往往体现在衣着打扮上。来到丽江的女人多半都会忍不住买一条围巾，因为丽江比较凉，女人的脖子和肩膀有一条围巾护着，既美观又实用。何况那些印着各种民族图案的纯棉、针织围巾花样繁多，甚是鲜艳夺目，总会让女人们不由自主。不过那种雍容华贵的感觉不属于我的风格，我更喜欢"环佩叮当"的摇曳步态和带着些许童趣的丽江独有的布艺手镯。于是我一头扎进了琳琅满目的布艺首饰店，给自己挑了两款，又一口气给女性朋友们买了20多条不同款式的手链。从小店出来，听着自己手上细碎银铃的声响伴着脚步声，之前的困意一点儿也没有了，心情也更欢愉了起来。我又继续顺着四方街的方向又信步逛了几家很有个性、很别致的工艺品小店。

古镇上的每家饭店，都透着它特有的气质。那些想说啥就说啥的"幌子"，招摇着个性化的洒脱，弥漫着对人生诙谐的调侃，让人忍俊不禁。不论是服装首饰还是百货餐饮，看上去一脸朴实的店老板，包括那些衣着时尚的店小二，个个身上都散发着只有在这"山高皇帝远"的凡尘才具有的脱俗气质。漫步在小桥边、石板路上，行走在廊檐下、溪水旁，不时听

到那柔柔的手鼓铿锵，不时看到那带着美好妆容的姑娘、小伙儿在拍写真。这是我这次来的一个新发现。那遍布在小镇每个方位的手鼓店，清一色的是由漂亮女孩掌门，她们淡扫蛾眉、轻声歌唱，歌声随着她们手上敲打的节奏周而复始、十步一见、百步一店地在你耳边回荡着，我和先生曾好奇地在一个店前驻足，想看看她如何做生意。没想到我们站了多久她就唱了多久，只要没有人问价或要买东西，她就一直唱着、自我陶醉着，即便是像我跟先生这样的过客，只要你不打断她，她也不会停下来像城里老板那样逮着你向你推销商品。这就是丽江店家的经营模式，这就是丽江独有的商人气质。在这里，经营的不是买卖，而是文化，是一种只要"惺惺相惜"，不要纯粹生意的心态。

下午5点多，我们在四方街附近找了一家餐饮店坐下。原本很想找回那家"发呆"酒店，可这里家家餐饮都为你营造了浓浓的、懒懒的"发呆"环境。宽大的木质长椅，配上大大的抱枕，那伸向街市的屋檐下还特地设计了一排能躺着的飘窗。在很强的阳光的照射下，饮一口普洱茶，对着几盘菜肴，有一搭无一搭地吃一顿独具丽江风味的"发呆"晚餐，别有情趣。

丽江古镇上的小吃也不少，比如：丽江粑粑、鸡豆凉粉，各种口味的米线等。不过这些美食现场品尝味道更加地道正宗，作为游客总想带些回去，好让家人朋友也品尝到丽江的味道。

我们最后选择了丽江的鲜花酥饼和黑糖块儿，买后直接请店家寄出就行了，不用自己带回去。鲜花酥饼味道很香，咬一口满嘴都是玫瑰花的芳香；黑糖块儿是用当地特有的植物提炼的，滋补养颜，朋友们吃后反响都不错。

游走洱海

第三天，我们在酒店安排的包车师傅小杨的带领下，准备到洱海边的民居和客栈走走。

其实这次我们是被前段时间播放的《后海不是海》这部电视剧里那个叫"洱朵"的客栈吸引而来的，可惜没有预订到房间。

中午，小杨师傅准时在酒店大堂等我们。之前先生已经向我描述了他

的样子，所以当我们来到大堂时，我一下就认出了他：高高的个子，红里透黑的肤色，鼻梁挺直，眼眸深邃且清澈，真是好帅的大理小伙子，让我一下对今天的行程充满了兴奋和期待。

车开动后，小杨就像导游一样开始为我们介绍："我们所处的位置是洱海东面，我们要去的银桥镇在西面，现在旅游环境比较成熟的东边是双廊镇，西边就是银桥镇一带。"小杨告诉我们，他是大理当地人，且家就在我们要去的银桥镇磻溪村。从海东开发区到银桥镇有20多公里，基本上是绕着洱海而行。不巧的是，一直下着雨，而且有时挺大。我在心里默默祈祷，也更希望女儿的经验能再次应验，可是连小杨都说像这样的雨大理不多见。我们就这样听着小杨带着浓郁大理口音的普通话，看着车窗外的飘雨，随遇而安地在环海西路上前行。

车子在一个红绿灯路口刚停稳，就听见"砰"的一声，我的身体也猛地向前倾了一下，原来是后面的车追尾了我们。我当时心里咯噔一下，心想：得，雨下着，车被撞了，今天哪儿也去不成了。小杨先是问了我们一声："怎么样，没有伤着哪里吧？"然后不急不慢地冒着雨下了车。后面的司机显然自知理亏，一个劲儿地道歉。仅仅三五分钟的光景，小杨就回到了驾驶室，轻描淡写地说了声："没事，我们走吧。"我满心怀疑地问他："车子没被撞坏？你们不需要给保险公司打电话吗？"他说："对方赔了300元钱，我过几天得空了再去处理。"我还是不相信，要执意下车看看，小杨也没拦我。没想到正如小杨所说，车子后备厢从上到下没有一点儿痕迹，刚才那一下仿佛撞在了别的车子上。我再一次感受到了云南人像洱海一样平和、像苍山一样淡定的人文心境。更神奇的是，这时天也开始放晴，云朵也开始了它们各种姿态的游走……

小杨真的是个好导游，在接下来的行程里为我们安排了沐村客栈的小憩、洱海自然森林的漫步，还在沿途的临海湿地边观彩云边看海景。

　　下午3点左右，我们到达磻溪村。小杨把车停好后带我们来到了村子里。一条约莫只能走一辆车宽的水泥路，路两旁是看上去更像城镇里的房似的建筑，既有比较文化、奢华一些的，也有很古典、很民族的木质结构的，时而还夹杂着很原始的土坯房、篱笆墙的纯粹农家宅地。那墙上爬满了瓜藤、紫藤和长得非常繁茂的三角梅。村头的树下有妇女和老人三三两两地坐着纳凉。我还发现了一个小时候在农村的集市上才能看到的卖肉摊，就是把一块被砍剁得刀痕累累、充满油腻污渍的木头砧板架在人力车上的那种。小杨告诉我，这都是村里的农民卖自己家里养的一种叫黑猪的肉，这种猪肉非常好吃，当地人甚至买回去简单用水焯一遍就吃。我说："不怕肥腻吗？我只知道可以生吃鱼肉，猪肉也能生吃吗？"他说："这种猪喂的不是饲料，而是这里特有的植物，肉一点儿也不肥腻，肉皮和皮下的肥肉吃起来是脆的。一会儿我带你们去吃，很好吃的！"

　　我们就这样说着走着来到一家客栈门前。这时我才发现，这一路过来那些外表看着不起眼的小楼都是客栈。小杨带我们从一条小石巷绕进了一个很普通的院门，没想到跨进院门的瞬间豁然开朗，闯入眼帘的是一幅"面朝大海，春暖花开"的画面。

　　我们几乎不敢相信自己的眼睛，这突然置身在梦一样的环境里的感觉真是太美妙啦！店老板跟小杨很熟，见他带着客人进来便热情地引我们来到一处伸向洱海的玻璃茶社。坐在窗明几净、装饰雅致的茶社里，喝着主人用很考究的功夫茶具烹制的普洱，置身在云绕水环的洱海之上，禅静、恬淡、安详、惬意，让你沉浸在虚怀若谷的"仙境"之中，顿时心旷神怡……

透过落地窗看去，正面是海天一色，侧面是客栈的公共休闲区域。这里的每一家客栈都会极尽创意地营造这个招牌式的环境，它们基本上都是以木质结构为主体，加上一些园艺设计的小景致。这两年特别时兴的多肉植物在这里随处可见，家家户户种植的品种虽然大同小异，但都各有特色。这些形状朴拙、肥硕可爱的小植物，像四季不败的"花神"一样，被主人装点在游人目光看得到的每一个地方。在这样一个上天恩赐的人间天堂般的自然环境中，置身在任意一家客栈的平台上都能尽情享受到苍山洱海的风景。看着平台上的客人和一些像我们一样的游人或凭海聆风或彼此拍照的那份灿烂，真是动静相宜，和谐美好。

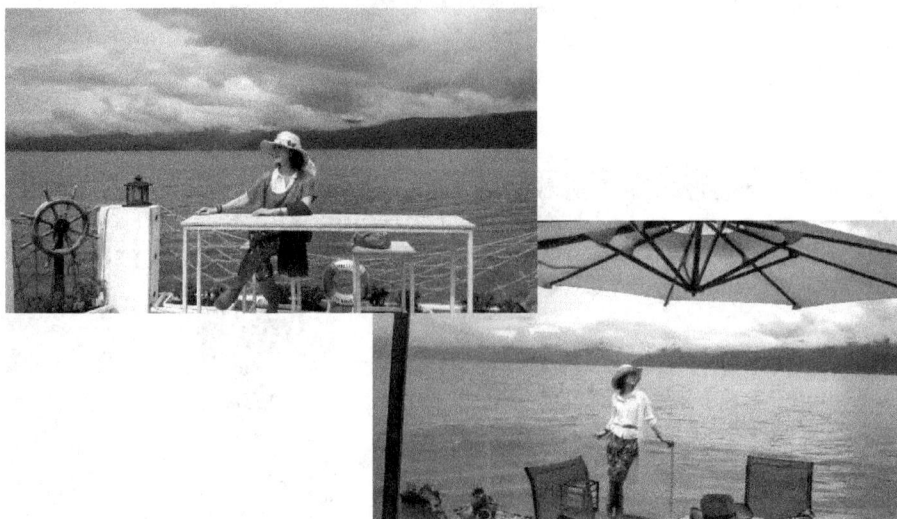

随后，小杨又带着我们走进了几家风格不同却同样脱俗超凡、别有洞天的客栈。我们一一领略了"宽海"的高大上，"66阳光"的明媚，"柿子树下"的温情……后来在我们一再坚持要到电视剧《后海不是海》里出现的那个叫"洱朵"的客栈看一看时，小杨虽面露难色，但还是带我们来到了客栈的门外。

这家客栈坐落在村子东头，它的正门也是在小巷子里。后来我才明白为什么这里客栈多半是在小巷里。原来，靠街的一面基本是村民的老房子，现在也还是他们的住家。随着旅游业的兴起，村民们或卖或自己经营，把房子后面临海的地方开发修建成了客栈。"洱朵"是特别典型的这种模式。在电视剧里，由张嘉译饰演的男主角因为工作上一次阴差阳错的失误，造成了他与家人、朋友错综复杂的情感纠葛，为此承受一生的愧疚和压抑。而剧中由左小青饰演的人物为了让男主角能远离烦恼、调理心病，特意修建了这家客栈。她坚毅的性格，简约、清丽的外形和那几套飘逸宽松的棉麻服饰，配上这洱海边、彩云下的凡尘仙境，叫人不得不被那情景魂牵梦萦。可惜"洱朵"客栈门上贴着"谢绝非住宿旅客进入"的告示，我们这才明白为什么当我们一再提及"洱朵"时小杨会为难。我们只好遗憾地在院墙外张望了一下，也算身临其境了。

虽然包括小杨在内的村里人都不理解客栈老板的做法，但是毕竟电视剧播出后不仅给店老板带来了经济效益还带来了不少麻烦，所以才不得不出此下策，把我们这些慕名而来的看客冷冰冰地拒之门外。但是我们也因此领略到了更多的风景，也算有得有失吧。

离开磻溪村时，已是下午6点多。我们在这四五个小时的走马观花中感到了些许疲劳，小杨还是精力充沛地尽着"导游"的义务，带我们来到了镇子上一个庭院式的酒家。小杨引我们在宽阔的廊檐下的小木桌旁坐下，征求意见后给我们点了菜。不一会儿，店小二先端上来一盘凉肉和一个小味碟，看那肉的成色就像两广人做的烤乳猪，皮是金黄的，肥肉部分是透明的。小杨告诉我这就是当地的黑猪肉，我夹了一小块儿试着放进嘴里，还别说，真没有我们想象的生猪肉的感觉，皮有点儿筋道、肉是脆的，毫无肥腻感。小杨还为我们点了一大盘当地最著名的"白木瓜煮鱼"，这道菜还上了纪录片《舌尖上的中国》呢。那鲜辣细嫩的鱼肉，夹着纯正的白木瓜的果酸口感，美味且不说，重要的是你会在强烈的"纯天然"心理暗示中格外享受这无公害的美食。

吃饱喝足，已是傍晚时分。小杨邀约似的说："我带你们到我姐姐家去看看吧。"小杨姐姐家在苍山脚下，位于大理古城和天龙八部影视城之间的半山中。

这是一座融白族民居和江南园林建筑风格为一体的精致院落。依山而建的三层小楼，每一层的房间都面朝苍山、远眺洱海，能看山泉淙淙流过，能听溪水潺潺、鸟鸣蛙声，真是个修身养性的好住处。

在小杨姐姐带我们参观的过程中，不时有客人敲门打听是否还有客房。主人都惋惜地告知这几天已经住满。小杨姐姐似乎看出我们的疑问，笑着解释道，当初在这里买地建房主要是考虑自己住的，所以真正的客房只有六间。整栋小楼不但结构非常合理，而且建筑材料都是上好的云南木材，屋子里到处飘着淡淡的植物清香。

小杨姐姐一家人很温和。老母亲和蔼可亲，总是面带微笑地陪在一旁，与我们保持着没有陌生感的距离，他当老师的姐夫很有乡村教师的质朴和文雅。一家人各在其位，又是一个风险共担的利益联合体。这让我想起一句话："幸福的城市，是产业升级下的事业成长。"在这里，我看到了幸福的家庭是和谐经营下的共同富裕。对了，小杨姐姐的客栈名叫"山水情怀"，我可以负责任地说它名副其实。大家有机会可以前去小憩几日。

短暂的4天，对于认识大理来说是不够的，但对于洱海那绝尘的悠远辽阔，对于丽江那没有边际的灵魂邂逅，时间再短也足以让它成为心常向往的驿站。

别样微山湖

　　十一长假，家人相约着到离江苏五百多公里的山东省枣庄市微山湖旅游景区游玩。金秋十月，对于以万亩芦苇荡、十里荷花香著称的微山湖来说的确不是最佳旅游时节。然而，春华秋实的莲蓬，一望无际的湖面，比起那荷花盛开时节的"接天莲叶无穷碧"，也别有荡气回肠之大气。

　　乘着汽艇，我们感受到铁道游击队穿梭在芦苇荡的经历，耳边又响起了少年时代那熟悉的歌声："西边的太阳就要落山了，微山湖上静悄悄，弹起我心爱的土琵琶，唱起那动人的歌谣……"，一路上为我们掌舵的山东老乡不停地介绍着每一个景点。虽然对于我这个分不清东西南北的人来说，茫茫芦苇荡，大片的荷叶、莲蓬，处处都充满着心旷神怡，其间的一个旗杆、一盏小小的航标灯，甚至一张隐约可见的网，都标志着不同的地域、不同的人文环境、不同的省份疆界。快艇开到一个简单的航标前，山东老乡告诉我们这就是京杭大运河的第七个出口处。再向北去又走了十几里的地方，他指着插在水中的旗子告诉我们，这里就是江苏和山东交界的水域。

虽说我们此行没有赶上那荷花盛开的季节，可是泛舟在尚且碧绿的大片荷塘上，迎着飘来阵阵荷香的湖风，伸手可触的莲蓬，心像那滑落在大大的荷叶上的水珠，有一种抛开一切烦心、杂念，洗尽铅华的飘然和空灵。那一刻，真的非常惬意！摘一片荷叶覆于头上，顿时太阳也有了清香的味道。老乡从船舷边儿摘来一个满仓的莲蓬递给我，扒去那层青绿色外壳放进嘴里，清脆和甘甜立刻萦绕唇齿之间。老乡笑我说："你怎么连'芯儿'都吃了，不苦？"我这才发现自己已迫不及待地把莲子心也一同吃了，可我的确没有感觉出来，因为它跟平时从超市里买回来的莲子太不一样啦！

临近中午，我们被快艇送到一间窗明几净的水中餐厅。船老大向我们介绍："这就是中央电视台曾经报道过的'水上一条街'。"看到我们有些诧异的眼光，他又补充道："冬季的时候，因为来微山湖的游人少了，这些常年靠在水上打鱼谋生的渔船便连在一起，形成一条水上街道。当旅游旺季的时候，它们又各自分开，散落在湖面上，形成独特的水上餐饮美食城。"经他一说，我们环顾了一下四周，的确是"车水马龙"，好不热闹。与船老大约好了接我们的时间，他便开着他那崭新的快艇离开了。

这实际上是一艘约一百平方米的船，船舱自然是用来做餐厅，厨房操作间设在船尾，在餐厅和厨房之间，还设了几间可以当客房用的舱位，船老板非常热情地招呼我们参观他的水上宾馆，还相邀晚上就在船上住下，"枕着微山湖的浪，看着湖中的月，听着水中鱼虾的歌儿，那可是你们在城市里体验不到的啊！"……别说，经他这么推荐，我们还真有些动心，只是考虑到同行的婆婆大概吃不消，我们还是打消了留宿湖上的念头。

我们在水上宾馆美美地享用了一餐微山湖的湖鲜，又在船上边观湖景边休息了一会儿，下午两点左右，约好的快艇如期到达，我们又在北湖（当地人把与江苏交界的一边叫作南湖，而山东境内的湖域叫北湖）兜了一圈儿，便结束了游湖的项目。虽然此时的微山湖因为荷花的凋谢而失去了许多色彩，但是心随莲动、身由芦荡漂移的感觉真的很棒！

回到枣庄看时间还早，在当地朋友的建议下，我们驱车来到离市区约十多公里的枣庄万亩石榴园生态景区，老远就看到那漫山遍野、绿茂红肥的果树。此时正是石榴丰收的季节，沿着弯曲起伏的水泥路走了将近一个小时还没有到头，可想这是多大的一片石榴园。开始，我有些沮丧地想，无非是走马观花地养养眼，再买几个石榴回去也算不虚此行。可是一路上跟朴实的果农讨价还价，拉拉家常，还不时钻进茂密而果实累累的果园里享受着采摘的乐趣……不知不觉地就过了两个多小时。当我们每个人都抱着经过自己反复比较、挑选，或是从果农手上买来的，或是自己到果园里亲手摘的一个个火红的石榴时，我发现我们都是那样开心！

七天长假，我们只用了两天出游，而且路程不远，也没有去跟风扎堆那些热门线路。五个人吃、住、行（含汽油费）共花了一千七百多元。还是那个意思：旅游，不在乎去哪儿，而在乎你带着什么心态去。我们这些长年在城市里泡着的人，身心都需要经常到大自然里去放空和清洗一下。如果每每都大动干戈地奔名胜古迹而去，显然不能保证"放空"的状态。在物欲横流的今天，我们应该经常提醒自己放下，不为升迁、加薪、生意和发财所累，收拾起一份简单的心情，在天地间豪放不羁。只有常跟大自然亲近，从天地万物中汲取灵气，人才会有坦诚和淡定的心态，才会有知人善任的智慧。我崇尚自由，自去年我和丈夫买了车后，我们驾着我们的爱车——卡尔，几乎走遍了南京周围的乡村、小镇。今年春节，为了迎接远赴新西兰留学回国的孩子，我们俩驾车去了北京。二月初，南京下最大的一场雪那天，我们就在从北京返回南京的路上……

我越来越喜欢在路上的感觉，它让我体验着未知的刺激、感受着经历风雨的酣畅。人生唯有找到漂移的乐趣并懂得享受它的过程，才对得起这一段生命光阴。

说说我看到的俄罗斯

平生第一次出国，目的地是俄罗斯。

从上海浦东机场乘航班飞到伊尔库茨克，行程大约4个小时，到达伊尔库茨克国际机场的时间是当地时间下午的三点半左右。机场很小，放眼望去更像是一个简易的农用或者功能性的机场。因为机场上也就能停4~5架飞机，我们的飞机一落地，就看到几辆民航运输车颠簸着在满是裂缝的跑道上乌泱泱开了过来。

在机场到达厅先进行入关安检。候机厅也很小，从场地到设施都显得比较陈旧，更像现在国内的乡镇火车站。

正如导游所说，俄罗斯人工作节奏很慢。我们一架飞机上的乘客百来人，就这么一个接一个地有序通过，花了2个多小时。

走出机场，我回身拍了一张伊尔库茨克国际机场的外观，一如既往地觉得它小，完全没有觉得是到了异国。直到登上来接我们的旅游大巴，看到司机大叔那张标准的"斯大林"面孔和高大敦厚的身躯，还有他冲着我们顽皮地用他学会的几句中文对我们说着"你好""快点，快点"，我才确定我们的俄罗斯之旅开始了……

伊尔库茨克地处西伯利亚东部，始建于1700年，它的城市格局很简单，马克思大街、列宁大街等主干道贯穿了整个中心城区，居民多是以伊尔库茨克河、安加拉河沿岸为聚居地。做工细腻但多少有些陈旧的木制民居把整个城市装点得静谧、安详。据说在17～18世纪，伊尔库茨克全城都是这样的木制建筑，可是一次大火使大部分建筑遭到了焚毁，损失惨重，于是当时的市长下令在城区内不得再建木制建筑，因此现存的木制建筑都是具有200多年历史的文物级住宅。也正是因为这个原因，这些古老的建筑也随着它的主人一起成为这座城市的独特风景。

俄罗斯是一个政教合一的国家，每一个城市的主要建筑或地标都与宗教有关，而那些或神秘、或传奇、或威严、或圣洁的教堂，也用它们美观、高贵的姿态，装点着城市的大街小巷。

俄罗斯的另一大特色就是树木、湖泊等自然资源得到高度的保护且极度丰富，这个国家拥有占全球22%的森林覆盖面积，以及世界第二大丰富的淡水资源。导游用很简单的比方就说明了这两点：一是如果世界上的树木都被毁灭，俄罗斯的森林资源可以够地球人生存100年；二是如果世界上的湖泊都干涸，贝加尔湖的淡水资源可以够全世界饮用50年。我们看到的贝加尔湖是那样的静谧、辽阔、天然，就像一块巨大的翡翠静静沉睡在广袤无垠的西伯利亚。当我们乘坐着目前世界上最原始的蒸汽火车行走在她的腹地，几乎算不上什么"景点"的景点，却常常让游客们呼吸到纯净得仿佛可以触摸到氧粒子的空气，脚下的芳香野径带你走向幽幽的桦树林或淙淙的贝加尔湖……

　　这样的景致也延伸在俄罗斯每一个城市的街区里，那笔直的白桦，透过阳光打在绿茵茵的草地上，俨然就是一个个童话故事里的森林公园，特别是在夕阳的辉映下，年轻美丽的妈妈带着金发碧眼的孩子徜徉其间，是那么安详、那么暖意、那么甜美。我觉得，俄罗斯的风景不是用来看的，而是用来感受的，这从导游身上也得到了充分体现。

　　我们这个团在俄罗斯共去了三个城市，伊尔库茨克—莫斯科—圣彼得堡。三个地陪，一个随团，共四个导游，其中三个来自中国东北的——哈尔滨。相似的地域和气候、相仿的人文习俗，让我们看到了他们对俄罗斯风土人情的适应和享受。于是，我们的旅途就在他们如唠家常似的讲述俄罗斯人的生活百态、奇闻逸事中愉快度过。比如：莫斯科城里满地跑着破车和没有快慢车道的公路；普京为什么上班不坐汽车改开飞机；还有姑娘十二三岁谈恋爱、三十多岁当奶奶、帅哥头顶大锅盖、干活儿都是老太太、满地青草白雪盖、拉达比奔驰跑得快、人高马大床很窄等俄罗斯的八大怪。他们风趣的语言传递给我们的不再是简单的异国他乡的导游，而是一份暖暖的怀旧感。

我是20世纪60年代出生的，我们对俄罗斯的感情更多的是来自父母。记得小学四五年级时母亲就常给我们灌输卓雅与舒拉、保尔·柯察金，后来长大一些这些书都成为我爱不释手的读物，再后来上了音乐学院，柴可夫斯基、穆索尔斯基、斯特拉文斯基、肖斯塔科维奇、拉赫玛尼诺夫，这些充满了音乐符号的名字和他们那一部部叫醒耳朵、震撼心灵的钢琴曲、交响乐，也成为我感知人性、崇尚英雄的墓志铭。

也许正因为这个民族的文化太具有感染力、太容易唤起使命感，一旦靠近就难免融入，并且随着时间它不仅不会使你淡忘，而会成为你记忆的土壤中扎得最深、长得最粗的"根茎"。

回想我到伊尔库茨克当天和对贝加尔湖的感触，看不见城市的纷繁，没有飞速发展的水泥森林，甚至景区里的公共设施沿用的还是中国20世纪七八十年代的设备和建筑。导游说，近20年里俄罗斯的城市建设几乎是停滞的，但老百姓的生活是富足的，幸福感时常洋溢在脸上，居安思危的使命感在血液里流淌着。

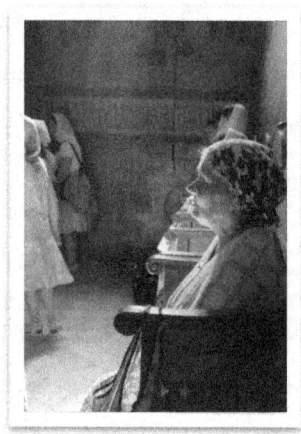

我想起那句古诗"一枝一叶总关情"。中央电视台曾有一档系列专题节目《平"语"近人》，看过这档节目才知道"一枝一叶总关情"的诗句是郑板桥先生借以抒发对百姓疾苦的关切。

物质上的富有会引人骄纵、没有节制，精神上的富有能使人宽厚、懂得取舍。民如此，国亦如此。虽说国家的强大不能没有物质的繁荣，但更不能没有精神的教化与引领。

"一枝一叶总关情"这大概就是来俄罗斯旅游的人眼里的风景，心中的方向吧……

有这样一个养老社区

  第一次来到这个地方，首先被它极具欧式风格的建筑——十来幢小楼环抱的集花木庭院、休闲活动于一体的环境所吸引。高高的大王椰被一棵棵亚热带独特的植物映衬着，三角梅、风铃花、朱槿花、紫金花、无忧花、芒果、扁桃、杨桃、枇杷、木瓜、芭蕉都按其季节栽种在每幢楼宇之

间。让人很有被自然包裹的体验感。

住下后才发现，小院的文化娱乐设施一应俱全，阅览室、放映室、K歌房、手工室、书法绘画室、舞蹈室、乒乓球室、麻将厅、台球厅、琴房、茶社，当然也包括室内户外的各种体育器械。

这儿住的人并不多，院里共有16栋楼，只有7号楼、10号楼、11号楼的入住率在30%~40%。对于我来说喜欢的恰恰就是这份清净与空旷，且如此优质的自然资源和文化设施几乎是随时可以独享的状态。

这里的管理比较人性化，管理者与入住者像朋友一样嘘寒问暖，保洁员基本扮演了管家的角色，不仅陪护、陪聊，更是对孤寡老人随叫随到。有一个现象很值得一提，就是院子里的花草果树每天都有人侍弄。保洁员每天一早就分布在社区里的各个角落，洒扫庭除、浇花剪草，黄昏时分才收工而去。无论刮风下雨，还是盛夏酷暑，她们天天如此，总是三三两两、有说有笑的。细想想，她们大概是把这里当成了自家的后花园，难怪院子里四季花不败，长年有果香。

从2020年至今，我往返这个小院三四次，累计住了近五个月，这次的时间最长，也最融入。久而久之，我发现社区里相对稳定的住户与流动人员基本就那么十几家三四十个人，南北方人基本持平，但北方那几对夫妻更具稳定性。

这是一群普通又不普通的老年人，他们都卸去了社会角色，平和地回归家庭。如果不是住下了、了解了，你只能看到他们都活在志得意满、坦荡惬意的状态中。他们都有一张随和、淡定、豁达的笑脸；都有一份迟而

不暮、老而未衰的恬淡松弛。而且他们都很自我，就算是夫妻，也基本上看不到并肩而行、牵手漫步，而是各自忙活，或独坐品茶、或打球垂钓、或跳舞打麻将，或忙着准备一顿小聚的大餐、一桌很有品质的茶点。这种感觉让我特别舒服，这才是和谐社会的样貌。我认为"和谐"，不应是相互依赖的粘连，而是个体与个体的同频共振。

因为心境同，见面打招呼是真诚简单的问候，不虚不假；因为情趣对，偶尔小聚品茗，展示的都是票友级别的业余爱好和能量话题；因为三观和，在一起聊的不是有什么，而是可以没有什么。当然，你不要以为他们都是些自娱自乐的游手好闲之辈，他们中也有上要照顾老、下要呵护小的父母的儿女、儿女的父母。

关于"养老"这个话题，不少做儿女的担心被别人诟病"不忠不孝"，不少垂垂老者情愿"抱残守缺"与儿女死磕，或居家独处。其实，在文明达到一定程度的社会环境下，生儿育女与养老送终都应该呈现一个多元的状态。如何选择才是我们需要想的，不要坐而论道地以旁观者的姿态去评判别人的选择，也不要诟病跟自己不同的观念。

生命的始与终都需要被格外地爱护和尊重，养老更多一份自觉与情愿。"随心所欲而不逾矩"，这是老年人的特权。亲爱的老年朋友，愿我们都能有一个儒雅从容、爱人爱己、端然自律、率真开朗的快乐老年。

第二卷 有爱相随

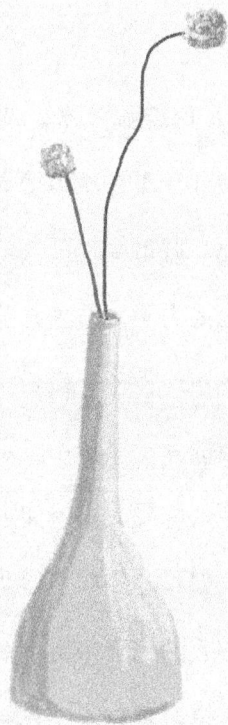

爱，能暖四季，能带我们
向远方……

南宁的味道，我的家

　　每次回到南宁，必去吃一碗南宁特有的生榨米粉。那酸酸的发酵的味道，那咸鲜味浓的酱油膏，那看似随意实际很有讲究的配菜，最主要的是它从一坨经过菌母发酵的米粉团到放在那个特制的铁罐里被挤压出来的制作过程，是只有在这个城市才能看到的。

　　今年春节，和许久不见的老朋友从青秀山游玩下来，他原要请我吃饭，我却执意要吃生榨米粉。无奈，二人便开着车在城里搜寻。这些年一窝蜂地建高楼、扩街道，弄得无论东西南北、城市乡镇都"千人一面"，许多小时候的标志性建筑都面目全非或彻底消失了，原来几乎每条街都有的生榨米粉摊也被现代化的饮食或时尚的东西代替了。最后才找到这家位于以前的人民印刷厂、现在的音像市场对面的南宁风味小吃店。据说城里也不单这一家还保留着生榨米粉，只是都不太好找或有时间限制，比如，它只有早点时段卖，一般到中午就没有了。但是这家店不但营业时间长，而且全天供应生榨米粉，店里的经营模式和装潢完全保留着20世纪七八十年代的风格，先得排队买票，那一小张红、绿、黄、白，色彩鲜艳的小票薄薄的，一不留神就会被撕破或被汤水浸透，别小看这简陋的小票，它有许多信息在里面呢，比如，你要的是什么口味的米粉，是圆粉还是切粉（圆粉就是桂林米粉，切粉是南宁特有的扁粉），酸辣还是咸鲜，要干捞还是汤水，辅料是牛肉还是猪肉，是肉片儿还是肉末儿，是叉烧还是红烧，还有一个信息就是你的辅料是否有加料的要求，需要加多少钱的，打包带走还是就地吃，等等。要想吃到真正好口味的南宁米粉，你就得充分了解这些额外的信息，因为这里面的讲究才是地道的本土风味，如果不适当地加上些其他的辅料，口感就会大相径庭，毫无乐趣。拿到小票后就到操作间的窗口前把小票摆放在白色瓷砖的号位上，有些米粉店甚至保留了"钉板儿"，你把小票往钉尖儿一戳就插在了上面，然后你可以到一旁等候。一般这样的号位也就二三十个，人们会在摆满一轮儿后自动地从头再摆一轮。你不用愁会等很久，只要你看到那些"粉师"流畅而娴熟的动作，你就会在不知不觉中熬过等待的痛苦。没办法，南宁人就好这一口，除非是夜里来，否则几乎任何时候都免不了要排上十几分钟。

朋友是后来调回南宁工作的，虽然也生活了几十年，但毕竟不是从小在这里长大，对南宁米粉的吃法只知其一不知其二。他从操作间窗口取了米粉就直接端到了我的面前，当他看着我原封不动地端着米粉又跑回到操作台前，一通忙活才心满意足地坐回来津津有味地吃起来的时候，忍不住问我去拿了什么。我得意地告诉他：生榨米粉少不了紫苏、香菜和酸豇豆沫儿，尤其要加上一点儿它的酱油膏才够正宗……哈哈，他听后笑着说，没想到你也好这一口。我说："这才叫入乡随俗嘛，就像你在北京请我去吃豆汁儿一样，少了那些附加的佐料就不那么纯粹啦，品风味就得感受过程，不是吗？"

另外就是"老友粉"，其实正宗的叫法是"老友面"。就是先用酸笋、豆豉、干辣椒、蒜瓣炝锅，然后加上肉末、白醋、汤，烧开后下面（或米粉），吃起来酸、辣、鲜。那稀里哗啦的样子会有些狼狈，它也因此得名叫"老友面"，意思是只有在老朋友面前才能如此不拘礼数。据说感冒时吃上一碗"老友面"，马上让你在汗流浃背中顿觉神清气爽，比吃药还灵。

南宁还有两样小吃是它独有的，一样是"酸嘢"，一样是"凉茶"，这也是我每回必要光顾的小吃。说来也怪，要说米粉久了不吃会想，可这酸嘢和凉茶只有回到南宁才会想它，可能跟水土和气候有关吧。记得小时候坐落在民族电影院旁的那家酸嘢、凉茶铺是我几乎每天必去的地方。那时，父母每天给的一两角钱就足够我们吃早点和买零食了，放了学（特别是学校包场看电影的时候），姐姐总会带我去那儿吃上几串。南宁人特能吃酸，可能是湿度太大的原因吧，酸味常常会淡淡地弥漫在城市的空气里。南宁人也特别能腌制酸的食材，几乎菜场里卖的蔬菜甚至水果（比如：李子、梨子、芒果、扁桃、杨桃等），他们都可以用来腌制。我最爱吃的是那种用京白菜（北方的大白菜）卷起来的品种，一件一分钱，买个三分钱、五分钱的就可串成一串。我最喜欢用竹签在不同口味的玻璃缸里挑选那些大块的酸菜，然后举着一大串再到旁边的辣椒罐里狠狠地蘸足了那酸甜香辣的佐料，然后躬身够头地把那不停滴答着酸汤的酸嘢往嘴里送……真是爽极了！再就是南宁的凉茶，有清补凉、雷公根、王老吉（那才是正宗原生态的王老吉，口感就一个字——"苦"），还有一种用植物做成的、黄色"粉虫"形状的凉粉，非常滑溜、爽口。记得前两年女儿从国外回来，陪她在南宁的街上转悠，当走到中山路那条"小吃一条街"时，她径直朝着那家凉茶铺的"阿姆"（南宁孩子对"阿姨"的一种特有尊称）走去，那个五十多岁的女人也老远就冲着女儿笑着说："好久没看见你啦，你爸爸没来？"边说边从那口脸盆大的锅里盛出一杯王老吉凉茶递给女儿。我掏出钱包准备帮女儿付钱，女人忙说："不用啦，好多年不见她了，算我请她喝的。"然后又转向女儿问道："这是你谁？"女儿冲我笑笑，介绍说："她是我妈妈。"这个情节深深刺痛了我，因为女儿在此之前常跟我讲述她和她爸爸在没有我在身边的那些年里，每天的生活程序：上小学的五年里，几乎每次她爸爸把她从学校接回家的路上，她都要让他给

她买凉茶喝。她还注解似的说，因为她很容易上火，只有喝这种凉茶才有效。其实，我小时候也爱来这家铺子喝凉茶，那时那位老板娘还是跟我们差不多大的小姑娘。时光荏苒，生活中这些最平凡的人和事日复一日、年复一年地用默默的存在见证了我们的人生，也使我们品尝到了其中的五味杂陈。从那以后，我发现"南宁的凉茶"不再只是清凉解渴的一杯饮料，对我来说它让我感受到一个母亲对女儿的亏欠和一个女儿在成长阶段妈妈缺失的滋味……

人生的记忆，很多是来自幼年的感官和味觉，那些不带丝毫理性判断和客观审视的纯粹，那些有点儿古怪的嗜好和附加的极致，会不经意地沉淀到记忆深处，会随着时光的晕染变成一种情绪、一种温度、一种回味。不论我们走多远，那特殊的味道都会让我们找到回家的路。

南宁的味道，就是家的味道。

姐姐与红色经典

　　中芭带着《红色娘子军》来南京巡演，我和先生都很兴奋，于是自掏腰包买了两张票。那天，我少有地邀先生提前一个小时就从家里出发了。心想：早些进去可能还可以占到更好的位置。因为估计看的人不会太多，总会有空位。没想到在公共汽车上我们就感觉到了红色风暴的吸引力。剧场外人头攒动，票贩子精神亢奋地被一群人里三层外三层地包围着。我和先生相视一笑，很庆幸已经提前买到了票。

进了剧场，找好了座位，我便迫不及待地给远在桂林的姐姐发了个短信。是的，其实我对《红色娘子军》的全部记忆都跟她分不开。

姐姐比我大三岁，不仅长得很美学习成绩还非常好，既是班干部，也是校宣传队的骨干。排《红色娘子军》那会儿，姐姐由于是"鸭板脚"（平足）而屈就吴青华的B角，也就是从那时我才知道原来芭蕾舞还有这讲究。姐姐当时自尊心很强，为了把脚背练出"弓"形来，每天晚上让我帮她压，有时干脆要我坐在她的两个脚背上。同时，她起早贪黑地刻苦练功。记得为了练那个在《红色娘子军》里带有标志性的动作——倒踢紫金冠，开始是让我帮她一点点地把腿往后抬，一举举半天，我的手和脖子都酸了她还不让放下。后来她自己扶着门框慢慢儿地把腿往上蹭，直到两腿一上一下地跟门框成直线，相当于在门框上做劈叉，那场面我看傻了，佩服得五体投地。结果我们家门框儿上的油漆全被她蹭掉了，露出斑驳的痕迹，妈妈为此还很生气。再就是练第二场青华被打晕后，在雨中苏醒的一段足尖碎步。这一段对姐姐来说是最要劲儿的，也是对她平足的绝对挑战，她为此练坏了好几双芭蕾鞋，脚趾头也无数次地破了好、好了破地被她折腾到结起了厚厚的茧子。终于，功夫不负有心人，后来跳B角的姐姐到哪儿演出都比A角的吴青华要受欢迎，而我们学校的《红色娘子军》也因姐姐的扮相出众、表演精彩而远近闻名。只有我知道，姐姐为此吃了多少苦头、付出了什么代价。我那时刚上初中，年龄、个子都还小，可是由于学校知道了我和姐姐的关系，便把我也吸收进了宣传队，在第四场里扮演送荔枝的小孩。那个时候，逢年过节到部队去慰问，平时为学校学工、学农的关系单位和公社、生产队演出，有时还常常代表市里给省内外领导甚至外国友人演出。总之，《红色娘子军》在我童年和少年的记忆里是一次次热烈的掌声，一场场演出后盛情的款待，一段段发生在舞台背后、让老师啼笑皆非又无可奈何地落场、穿帮的趣事和作为"吴青华"妹妹的光荣与自豪。

不一会儿姐姐打来了电话，语气平和，没有听出一点儿兴奋的感觉。只是淡淡地说："你们好好看吧，代问家人好"一类的话。常言说："旁观者清"，大概我当年是以旁观者的心态记录那段往事，所以才会引发感慨。当事者的姐姐也许早就把它交给了那个叫"过去"的时间。

剧场的灯光随着钟声渐渐暗了下来，人们在那熟悉的序曲中进入各自记忆的空间⋯⋯

我在暗场的灯光中下意识地环顾了一下周围的观众，在意料之中，多半儿是四五十岁以上的人，且两口子的也不在少数。我的左边就是一对夫妻。有意思的是，每当台上演到那些经典段落，我都能感觉他（她）们和我一样地在哼着那些熟记于心的旋律。所以，当第二幕"吴青华"找到队伍，看到红旗的音乐一起，我们都相视而困惑。显然这段旋律做了很大改动，原来是一段非常深情的大提琴独奏，镜头是：青华快步跑到红旗下，久久凝视，然后轻轻捧起红旗一角，泪水夺眶而出滴落在红旗上，加上大提琴那叙述性很强的"散板"，真是扣人心弦、催人泪下⋯⋯很经典的设计。现在这一段音乐却改成了小提琴声部的旋律，平庸、单调，完全没有起到对情节的烘托。我注意了一下，场内也有些窃窃私语的骚动，看来都与我有同感。我同意这么一种观点：与其总在经典中寻找不足地修这改那，不如用这份精力去再创作一个经典。

中芭的演员都非常年轻且基本功很好。可以说从技巧上讲无疑是青出于蓝，从表演上讲也真是难为了这些孩子们。听说，为了领会剧情，他们还特意到部队去体验生活、参加军训。这一群只有十七八岁的孩子，要在一个多小时中演绎出一段与他们生活完全不搭界的戏剧冲突，而且还能让我们这些从那个时代走过来的人认可和接受，可见他们是用心去感悟那个特定的年代。不易！一分付出一分收获。演出结束时，全场观众都自发地站起来用掌声陪伴台上的孩子们一一谢幕，表达了这些叔叔阿姨、爸爸妈妈、爷爷奶奶辈儿的称赞、感谢。当然，更主要的还是对那段记忆的重温和对红色经典的崇敬之情。

那年"马当沉船"
——魏家往事

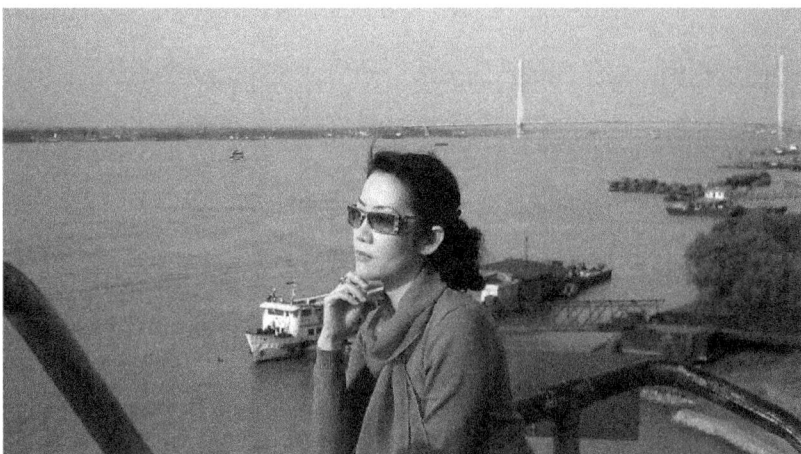

中央电视台继《话说长江》之后又拍摄《再说长江》，由于我在电视台待过，父亲给我寄来了伯父写的一段回忆。字里行间透着一个戎马半生的军人对他们老父亲（我的爷爷）的敬爱与深深的怀念！我也正是通过这看似平淡的讲述，知道了我的家族与国家命运之间一段可歌可泣的往事。

当晚，我拨通了伯父的电话，没想到是伯母接的。她告诉我说伯父又住进了医院，由于近来病情有些恶化，住院准备做透析。听到这一消息我的心情多少有些沉重，更急于听到伯父的声音，于是又拨通了伯父在医院病房里的电话。

记得在小学时期那篇曾让我"火"了一把的作文——《写给最可爱的人》，就是以我从父亲嘴里得知的关于伯父在抗美援朝战争中的英雄故事为素材写的。从那时起，伯父的"英雄形象"就在我心里扎下了根。

直到我结婚、生孩子后才见到了伯父。伯父个子不高，也不威武，但眉眼充满了英俊和正气，比起父亲的文弱、清秀，伯父显得更威严、大器。也许是经历了战争的洗礼，伯父对人生的达观、处世的练达，以及生活的简单和开朗，总是通过他的一举一动传达给我，也感染着我。

早就听说伯父身患多种重疾，好几次被从"阎王爷"那儿幸运地拉回来。去年伯父又被查出了癌症，我们大家都替他捏了把汗，可伯父倒比以前更爱笑了，也更爱说话了。那次，伯父被送到北京301医院。我从父亲那里得到了这个消息便去看他，结果我楼上楼下地来回找了几遍，还特意在花园里转了几圈也没找到他。最后，当我失望地走出医院的大门朝地铁站方向去的时候，迎面看见伯父穿着病号服，精神抖擞地走过来。伯父的这种状态，总是不经意地感染着我。他总爱说："你们不用为我担心，工作才是你们最重要的。"他的心里永远只关注前方，而不给自己留后路。这就是伯父，一个永远不需要搀扶的"战士"。

电话拨通了，伯父听到我的声音非常高兴。他那乐观、自信的军人气质再次从话筒那边传来，我们的话题转到了他的那篇回忆文章上。

伯父是父亲这一房的长子，也是爷爷最偏爱的儿子之一。从小爷爷就言传身教让孩子们知书达理，爱国、爱家，特别是对子女，更是灌输要胸有大志，有朝一日尽忠报国的思想。因此，伯父年仅十六七岁就带着弟弟妹妹离家，投身到了革命队伍中。战争的锤炼、国家的使命，使伯父很快完成了从士兵到将军的历程，成为中国人民解放军中优秀的一员。显然，爷爷当年对伯父的偏爱是有道理的。大概也正因如此，伯父对他们的父亲也怀有更深的感情。然而，军人的本性使他把对亲人的情感埋藏在内心深处，多少年来已经成为他做人做事的原则、工作事业的准则。若不是这次中央电视台在征集长江上的故事，也许我爷爷那曾经的壮举，就将变成我们这些晚辈永远不知道的遗憾了。

我的爷爷叫魏耀南，是在长江上从事淮盐运输的商人。全面抗战后，上海、南京等长江下游重要城镇相继沦陷，当时，爷爷拥有的民船正从岳阳顺江而下，准备去江苏仪征十二圩载盐。行至武汉，被告知日寇已占领南京，下游已不通航。随后，传来当局需要无偿征集大型船只，到马当一带设立江防，阻击日寇进犯的消息。值国难当头、民族存亡的时刻，爷爷当即响应，并开始疏散船上的员工，同时配合当局动员其他路过的船只加入这一义举。于是一家大小八口人便由奶奶带领，租用了一只乌篷船离开了赖以生存、名扬长江的"衡阳盐号"。爷爷则一人留下，随船去马当，亲自给自己的船中装填石头，然后又亲手把船凿开，沉入江中。

这一义举爷爷一生都没有重提。这位半生叱咤商海的老人从此携眷还乡，以农耕为生，过着简朴而拮据的晚年。

时间太瘦，指缝太宽，岁月的流逝总是由不得我们去把玩。如今举目四望，那些曾经感动和激励过这个时代的先人和前辈都已远去，有的连他们的背影都无从找寻。然而，纪念和回忆可以让我们把人性的光芒传递下去。我从我们家族的这件往事中感悟到：不管我们生活在过去还是现在，不管我们的父辈身上有没有发生与国家命运息息相关的事情，我们都应该常常把习惯了向前（钱）看的眼睛收回来，向过去做一个回眸，它会使我们身上少一点欲望，多一点执着；少一点狡诈，多一点单纯；少一点索取，多一点奉献；少一点抱怨，多一点感恩！

常再见，多陪伴

降央卓玛的歌，勾起了我关于今年春节回家的一段记忆。

父亲的生日在农历正月内，总是恰巧在元宵节前后。这两年我也进入了退休倒计时，我索性就在春节期间把公休假用上，陪老人多待会儿。

也许因为自己也渐渐进入老年生活的心态，很自然地更能体会老人对儿女的需要。虽然他们多半嘴上不说，但每次临别之前，老人无意识表现出来的焦虑情绪，会常常传递出他们对儿女的不舍与依恋。因我们家还住在单位大院里，每逢春节那些看着我们长大的叔叔阿姨的儿女，大包小包蜂拥而至时，你会看到等到孩子回来的长辈自然喜上眉梢，没等回孩子的倍感失落。转眼到了初六、初七，孩子们又都一个个雁南飞似的散去。偌大的房子又从热热闹闹的"蜂房"变成冷冷清清的"空巢"。几天的工夫，老人们要硬生生地挺过这如同从夏到冬的穿越。

父亲是个身心都很健康的老人，这也使我倍感欣慰和心安。今年是他八十五岁寿辰，耳聪目明、步履稳健的他依然稳稳地操持着这个家，大小决策都由他来定，甚至是我们的衣食起居。微信玩得比我还勤、还溜，他的微信群里小道消息杠杠的。在家这些日子，我还常常得像管孩子似的提醒他"不要躺在床上看手机""晚上早点儿睡"等。咳，孩子没怎么管过，转眼间为我们带大孩子的父母就老得像孩子一样需要我们的"碎嘴"啦！不过他们在我们眼中的那些"淘气""不听劝"，恰恰是我们应当百倍珍惜的德与能，是我们远在他乡可以安心的幸与福。

那天，吃过晚饭，我们一家又围坐在饭桌旁拉起了家常。

随着年纪渐长，听到父母提及我们年少时期的那些趣事儿、糗事儿，渐渐地不再像以前那样厌烦、逆反，甚至还会好奇地追问下去。"听妈妈讲那过去的事情"，原来也是要到这般年纪才觉得好听，才懂得陪着父母分享这份回忆的快乐也是我们的孝心。

席间，我把为父亲寿辰策划的大理洱海之行告诉他们，二老都很高兴。妈妈总是像小女生似的，只要有爸爸在，又有我和姐姐陪同，上哪儿她都说好！至于她的身体情况（妈妈去年做了股骨头置换手术），路途多远，需要做哪些准备等都不在她考虑的范围。她只要带上快乐的心情和她那些美美的围巾、配饰就行，一切都自会有爸爸为她安排妥当。多少年来，妈妈就这样习惯了被爸爸照顾着，而爸爸也习惯了这样呵护着妈妈。在我的记忆里，妈妈就没有单独出过家门。

聊着聊着，不知不觉就过了三个多小时。我们回到各自屋里准备洗洗睡了，经过父亲的书房时，却看见他还坐在电脑旁。

父亲有许多生活习惯是我非常佩服的。比如：常年洗冷水澡，坚持打太极，每天必有一两个小时读书、看报（现在基本上在电脑上阅读），一两个小时伏案写字或静静地养神。也正是这些习惯帮他建立起良好的心态，才使他生理上的那些疾病要么被他"战胜"（父亲只有三分之一的胃），要么被他"击败"（胆结石），要么被他遏制（糖尿病）。更让我敬佩的是父亲的自律、自省、自查精神。我家老爷子从来都是直面自己的问题和错误，甚至会跟孩子道歉。进入老年的他更是谦卑不已，经常不定期地在我们祖孙三代的微信群里发表他个人对人生、社会以及对自己的审视和思考，并让大家共勉和监督。

此时，虽已夜深，但我想饭后的闲聊大概把他今天的阅读时间挤掉了，所以当看见他在电脑前也就没多问。可等我快上床了书房的灯还亮着，我便轻轻推开虚掩的门想催促他休息，没想到父亲却像孩子背着大人干"坏事儿"似的紧张地收起了手上的东西，看着我露出了萌萌的笑。我也像对孩子似的问他："爸，你干吗呢，这么晚了还不睡？"父亲的脸上继续保留着憨态，还夹杂着一点不好意思地说："你妈妈总是嫌我那顶帽子旧了，我想在网上买一顶新的。"

这时，我才发现父亲手上拿着的是一个木工用的铁皮卷尺，刚才正一边跟网店客服交流一边用卷尺比着自己的头围量尺寸呢。我赶忙改变了刚才有些责怪的口吻，从他手上拿过那冰冷的小卷尺，一边挪动鼠标关闭电脑，一边对他说："早点儿睡吧，明天我帮你买……"

回到房间躺在床上，父亲刚才的样子在我眼前挥之不去。父母的自理与自乐何尝不是因为指望不上孩子们的无奈而激发出来的另一种坚强和美德呢。我们身处这样一个礼教渊源深厚的国家，又置身在开放文明的信息

时代，无论是现在的父母还是未来的我们，都需要多储备一点儿精神养分和心灵健康，这样才不会让现实的距离变成焦虑、让空虚的搅扰变成烦恼。

向父亲学习，更要懂得珍惜。明年，一定多安排时间回家，一定多给他们些不用期待的陪伴……

曾经的《和你在一起》

父亲离开我们快一年了，我也终于开始不再恍惚，开始逐步接受现实。好友之前都以"九十岁高寿离世应为喜丧"安慰我，可我恰恰因为这才难以习惯。毕竟叫了六十多年的"爸爸"以后再无回应，你觉得我是该悲还是该喜呢？应该都有吧……

可我今天只想和大家分享下面的这个故事，因为我相信它是很多人叛逆期都有过的类似经历。

十几年以前，陈凯歌导演拍摄了一部电影——《和你在一起》。这部电影勾起了我少年时一段和父亲的往事。

记得那时我大概跟电影里刘小春一样的年龄，父母因为不希望我走姐姐的路，便想出了要我学音乐的招儿。我也正为学习而郁闷，所以父亲的建议倒像是"救我于水火"之中，加上我原本也喜欢音乐，就想象着学音乐一定比学枯燥的功课好玩。

父亲很快就为我买来了乐器——一把崭新的小提琴，又带着我到那时很令人神往的文化大院的省歌舞团里，在他的老战友介绍下，认识了我的

启蒙老师——广西歌舞团的首席小提琴手雷克宜。

打那儿以后，每天放学，父亲便骑着自行车，带着挎着琴的我去上课。直到后来，我才改成自己坐公交去上课。

就这样过了一年多。一天，雷老师给我上完课后要我带他到我家去，说是要跟我的爸爸、妈妈商量什么事情。于是，那天雷老师用他的自行车带着我，从民主路到现在南宁饭店对面的青云街，一路上我像老鼠坐在猫的后面一样紧张，仅二十分钟的路程让我感觉无比漫长。

原来，雷老师辗转了解到，广西艺术学院附中将在来年恢复招生，他向我父母建议把我送到他的老师那儿强化辅导一下。其实就是像电影中刘小春他爸为他找到了陈凯歌饰演的那位特牛的教授一样，因为他的老师是当时全省所有优秀小提琴手的"祖师爷"，但凡经过他调教的学生没有不成才的。"望子成龙"是所有中国父母的通病，父母就这样决定把我送到异地求学。

虽然南宁到桂林说远也不算太远，可毕竟是离开亲人的呵护，而且是从小到大第一次。当时，我心里的抵触可想而知，甚至是有些怨恨。

记得那是一个冬天，我和父亲乘火车前往桂林。七八个小时的路程，我的心随着火车隆隆的节奏，被一点一点地敲碎，我恨父亲狠心，恨老师冷酷。为什么人非要有出息，出息了又能怎样，除了能让他们这些大人脸上光彩以外与我们有何相干？反正那一路上我就没给父亲什么好脸色。一贯在我面前很有威严的父亲，那天变得特别温和、体贴，我不仅没有体会到他的良苦用心，反而更觉得他是因为理亏。

那天，我们乘坐的那趟车晚点了（那时候火车晚点是很平常的事），到达桂林时天公不作美地又下起了小雨，父亲为了不让我淋雨，让我站在出站大厅里等着，他冒雨跑了出去。过了好久，我才看到他那身洗得发白的军装快被细雨淋透了，身后跟着一辆脚踏三轮车。爸爸边往车上放东西边带着歉意地说："下雨天，车不好打（那个时候打车是很奢侈的，因为出租汽车本来就不多），好不容易才拦到了这辆三轮车。"

本来就一肚子怨气的我，老大不高兴地坐了上去，没想到走起来还是一辆"瘸腿"三轮车。我顺着三轮车一瘸一拐的方向看去，才发现这辆车右边车轮已没有了轮胎，只剩轱辘在转。我看了看父亲，父亲却像没感觉一样，只是不停地跟那位师傅聊天，还给他引路。我却嘴里、心里极其不满地嘀咕了一路。现在想起来那时怎么那么不懂事！

当看到电影《和你在一起》里的刘小春，面对父亲为了让他高攀上那个鼎鼎大名的教授，而不惜低三下四地追到厕所去跟人家搭讪，可到刘小春那儿却毫不领情的时候，联想到自己，我只想哭。

这个世界上，没有比父母对孩子的爱来得更无私无畏了。可惜，几乎每个孩子都是等到自己也为人父母时才真正体会和理解他们。现在回想起来，如果没有父亲的决定，没有那个像电影里陈凯歌饰演的教授一样的"董学尧"老师，没有那近乎冷酷却非常有效的强化训练，我不可能以第一名的成绩考进广西艺术学院，也不会有后来在艺术上的作为。最重要的是，它让我学会了感恩。不过，遗憾的是，那个以"山水甲天下"著称的城市——桂林，成了我永远提不起兴趣的地方。后来到北京工作，许多北方人知道我从广西来，总是投来羡慕的目光问我桂林的情况，我总是满腹不屑的态度。对此我一直很认同朋友的结论："只缘身在此山中。"现在我忽然发现：其实是因为阴雨绵绵的寒冷，伴随我一腔离愁别绪的郁闷，被定格在那个冬日的黄昏，所以才给记忆留下了一个"永远残缺的桂林"。

残忍的时光总是无知无觉地刻画着每个人的年轮。转眼，我已成姥姥，而那个一生愿为我"鞍前马后"的老父亲已驾鹤西去，留下许多让我酸、让我痛、让我醒、让我悟的珍贵回忆……

致母亲节

时光真是至慢至快的怪东西，又是至近至远的助推器。当我一次次从洗尽铅华的镜子里恍惚地把自己看成了妈妈；当我一次次在与妈妈团聚的时候又总是恍惚面对外婆。我终于确定，妈妈老了，妈妈的女儿也老了。

在我的印象里，妈妈与我的交织点并不多，远不及她对她的学生和她的工作那样被关注。幼年时我更多看到的是妈妈的背影，少年时我更多感受到的是妈妈的严厉，等自己成年后又早早远离了妈妈的视线，在我的人

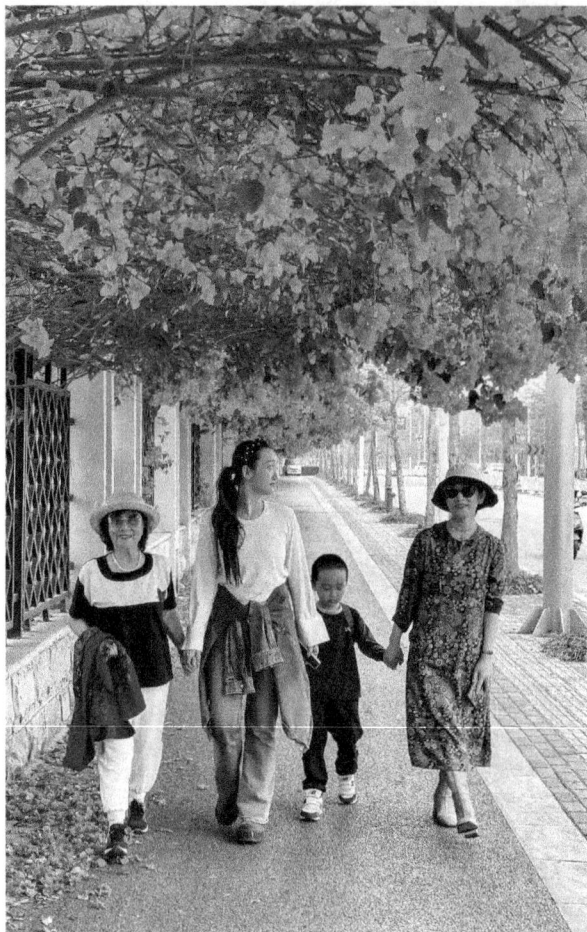

生中照着妈妈的样子苦苦历练着自己，塑造着自己。

真的，很感谢妈妈，是她无为而治的榜样式教育，使我更早地心智独立地去放飞自己，也更早地习惯自主的抉择和责任担当；是她对工作旁无别物的专注和对老师这个职业倾其所有的执着，赢得了丈夫最真诚的爱和尊重，更赢得了桃李满天下的职业口碑。

我也很羡慕妈妈，羡慕她一直都有爸爸呵护和陪伴，羡慕她一生都有像我从小就叫惯了的"莉莉姑姑""刘姨妈"和那些看着我长大又始终亲如兄弟姐妹地爱护着她、守护着他们友情的叔叔阿姨们，还羡慕她因为是老师，而拥有了许许多多像覃爱宁、吴昊、邓卫平、苏兰花、朱小小这些至今仍能叫出姓名的一个个不是儿女却胜似儿女的学生们一生的尊敬与爱戴。这一切我这辈子都只能羡慕了。

一代人有一代人的责任与使命，一代人有一代人对幸福的理解与追求。

在母亲节到来之际，我想对妈妈和自己，以及所有已经当上了妈妈的女儿们说："愿我们健康如春天的花红柳绿、心情如夏天的雨后彩虹、平静如秋天的荷塘月色、从容像冬天的傲雪红梅。"也祝天下母亲都有属于自己的岁月静好，一生平安！

像她那样慢慢老去

　　我的姑姑是个有气场、有温度的老人。八十多岁，一米四几的身高，三十公斤左右的体重，永远是很利索的齐耳短发，灰、白、蓝调子的衣着，脸上只有年轮的沟壑，没有岁月的斑痕；一顶帆布、素色的格子两用小帽子，是她标志性的配饰。前年姑姑因为摔伤做了股骨及腰椎的大手术，现在的她又多了一根拐杖，那精致的拐杖握在她的手里，与其说是为了支撑她老迈而残疾的身躯，倒不如说是被她的精气神和充满自信与独立的人格魅力渲染得有点儿像童话里的魔杖。

　　姑姑性格内敛、不善言辞，但也有话匣子打开了收不住的时候。这种情况也是这几年才有的。特别是在见到我们这些魏家的晚辈和面对我们对爷爷奶奶传奇人生的好奇与打探时，她总是不厌其烦地解疑释惑，操着一口浓重长普（长沙普通话）带着我们走进她的记忆里……

　　她总爱说她这辈子就是三个字——"不辜负"。不辜负父母给予的生命，于是她虽身为大户人家的千金小姐，却因为童年丧母，而早早担起了照顾弟弟、为父亲分忧的担子；十一二岁就开始在父亲每个月的嘱托下，带着钱粮、衣物，独自完成百十公里的行程，去看望两个投笔从戎的哥哥；不辜负社会，从十四五岁就当起了乡村教师，青年时代又去城市任教，退休前成为湖南大学附属小学的校长。一路走来，她用聪慧、勤奋塑造自己，施教于人，为社会培养了无数德才兼备的人才，她的学校也因她获得广泛赞誉以及有关部门的肯定。不辜负亲人，是她放弃了年轻时一次又一次的机会，守候在老父亲身边，替哥哥姐姐为老人送终。她百般珍惜生活的伴侣以及他给她的一切机遇与挑战，成就了丈夫和他们共同的事业辉煌，也是她在丈夫晚年中风瘫痪后，十年如一日地悉心照料，直到丈夫生命的终结。

在她看来，唯一辜负了自己的孩子，所以当孩子叛逆期"兴师问罪"的时候她没有怨言，更不去指责和争辩。其实，这是那个年代的父母共同的心结。他们普遍坚守着为国家、为社会而工作的准则，常常会因为请个

病假而自责，为自己出于本能地想多照顾孩子而感到羞愧，更不消说放下工作当全职妈妈了。因此，当孩子在社会这所大学里自己摸爬滚打地成人、成才以后，母女俩的内心都有一份彼此的懂得和谅解。所以，面对孩子"我爱你，仅此而已"那种若即若离的孝顺，她坦然且释怀地把忍受变成了享受。于是在姑姑身上我看到了满满的获得感……

我忽然发现，真正有获得感的人，往往是得到世俗利益最少的人，是那种虽然抱残守缺却依然自信阳光的人，是能够在付出时依然感恩的人。我也忽然明白了一个道理，人老了更要学会用"不辜负"的心态去接受生活中的顺境、逆境，别老是嘴上说着感恩，心里却期待所有人的报恩。这样的人、这样的老人，是不会真正有获得感的，也传递不出他们拥有的幸福感。

我很幸运，在刚刚步入退休年龄就能有姑姑这样的榜样在前。我希望自己也能拥有瘦而不弱的内外兼修、慢而不迟的淡定从容、宽而不泛的律己待人，简而不单的生活乐趣，像姑姑那样慢慢地优雅老去……

读《姥姥语录》

倪萍的《姥姥语录》伴随我度过了感染奥密克戎病毒的这一个多月。掩卷时，感慨很多，思绪也很多。

原来家家都有这么个姥姥和外婆

我的外婆是个只有初小文化的乡村妇女，话不多，远没有倪萍的姥姥那么善于表达。别看外婆自己没什么文化，她却非常看重文化。她和外公只生了母亲一个女儿，外公很早就离家从军，后又跟随国民党去了台湾。外婆二十多岁就一个人独自抚养女儿，并靠着自己的车缝手艺供女儿读完了初小、高小，直到考入师范。到了我和姐姐这一代，外婆仍然坚持着女孩也要有文化而且要有出息的主张。这跟倪萍的姥姥说的"人生就要上山顶……上不去大山上小山"的理论异曲同工。外婆对我永远只有一句嘱咐："好好读书，长大才有出息"，后来我考上艺院附中，又变成了"好好练琴，长大才有出息"。我印象最深的就是，外婆的枕边永远都放着书，那是她让姐姐从学校图书馆给她借来的，从薄薄的《郭亮的故事》到厚厚的《红岩》《欧阳海》再到《红楼梦》。

记得我曾好奇地问她："婆婆，你能看懂那么多字吗？"她笑笑说："慢慢看呗，前面推后面，后面推前面，有边读边，无边读中间，慢慢就读通了。"就这样，她愣是把那一本本大部头的书籍都啃了下来。后来，爸爸会给她带回当天的《广西日报》和《南宁晚报》。因为外婆每天都必须看报，一张小板凳、一副老花镜，每天看报已成为雷打不动的习惯。外婆很爱干净，我们家的地板无论是水泥的、花砖的、木板的，甚至是在海南住的茅草房里的泥巴地，都被外婆擦得锃光瓦亮，打理得一尘不染。外婆说："脚下不干净、处处不干净。"

外婆还是个乐于助人的人。20世纪70年代，单位宿舍都是筒子楼，一层一个厨房，十几家人共用。左邻右舍基本是双职工，外婆每天都是起得最早的，她总会把每一家的煤炉都通好、点燃，晚上又挨个儿帮大家检查炉子是否封好。那时，用的是一种叫蜂窝煤的燃料，要想让它不熄火，晚上要小心翼翼地把最后一窝煤控制在将灭未灭的状态下，把炉子封好，这样早上才可能用比较短的时间将煤炉点燃，开始准备一日三餐。别看这都是小事儿，可是帮了那些叔叔阿姨的大忙啦！

平时，帮张家买个菜，帮李家看孩子，甚至看个头疼脑热、疑难杂症什么的，都是家常便饭。说得有点儿神吧，看病也会？这可不是瞎说，外婆的脑子里有不少小秘方，给我印象最深的是在海南，外婆用最简单的土方子，帮兵团的支书治好了困扰他几十年的疝气。外婆的处处与人为善，给我幼小的心灵种下了爱的种子，也让我们这个家无论顺境逆境，从未缺失过"人间值得"的温暖与善意。

我的童年里也有一个像"水门口"一样的乡村

三里，是个客家人聚居的小镇，民风和谐、人文古朴。外公的"林氏家族"是镇上的大户人家，外婆是几里地外的台村人。三里到台村半天就可以走一个来回，所以我和姐姐从小就在这两地快乐地穿梭。

每个圩日，我或跟着外婆、或跟着舅舅们从街这头吃到那头。特别是三里的葱油粑粑，这种用米粉糊糊跟新鲜的香葱搅拌在一起，一个一个放到油锅里炸出来的饼子，那香味儿整条街都能闻到。走累了就坐在古戏台前歇会儿，台上总有各种民间艺人的表演，要不就干脆跑进北帝庙里跟小伙伴捉迷藏。

可我最想说的是林家一个远房叔公的两位遗孀："杜叔婆"和"严叔婆"。小时候，我虽弄不懂"大小老婆"是怎么回事，她俩相互谦让、彼此照应着在一起平淡生活的状态却使我难忘。

印象中严叔婆是个瘦高个，总爱叼一根长杆儿烟袋。也许是因为没有生养的关系吧，她性格有点儿古怪。杜叔婆就完全不同了，中等偏小的个子，皮肤白皙，一头齐耳短发总是打理得油光滑顺。听外婆说她生有两个儿子，都很有出息。杜叔婆原本是老师，所以给人的感觉很舒服。她给我印象最深的是，每天清晨都会挎一个长柄的竹编簸箕，另一只手拿着个小竹扒（俗称猪屎扒），沿着街道和镇子周边的道路捡猪屎、牛粪。有时，她会带上我一起去，一边走一边跟我说着乡间的各种植物名称，四时的节令，还借着街上的牌匾教我认字儿。捡满一簸箕就拿到收购点去，好像能换些钱，所以一般都会是一两个来回甚至更多。然后，她就顺手买些日用品或食材，回家做饭。我想：这就是杜叔婆给我一生对如何分辨内心干净与表面纯洁、灵魂高贵与衣冠楚楚的潜移默化吧！

淳朴的乡亲父老

如果说三里给我的是心灵的洗礼，那台村给我的就是自然的光合。

去台村的路多半是在各种农作物和稻田间。阿良舅舅经常用他那辆除了铃铛不响哪儿都响的自行车驮着我。阿良，是林家过继给外婆的养子，比我大几岁。记得那一路，时常颠得我屁股疼，有时一场阵雨过后，走在路上，那泥坑总是把我溅得浑身泥点子，可他说的青蛙把害虫当饭吃、稻草人跟小鸟做游戏的自编童话，却总让我开心得不得了。而台村，那个老是抱着个竹筒坐在高高的门槛外、石凳上咕噜咕噜抽着烟，总爱摇头晃脑给我念八股文的舅公，还有那个总是在廊檐下、天井旁忙忙碌碌，大声说话，里里外外种菜、养猪，操持家务的舅婆；那个流着鼻涕，每天放学就得帮妈妈（舅婆）赶着猪到池塘洗澡的小表哥春普；那夕阳下的晚归；那池塘边的嬉闹……这些人和那些事儿，在我看《姥姥语录》时都几乎得到了一一对应。

我的外公

从小就听父母说我的外公在海峡的那边。从理性上讲，对外公的认知过程，从小到大的现实反差让我费解；从感性上讲，外公的出现只是给外婆和母亲留下了挥之不去的忧伤，于是我本能地将他拒之于千里之外。然而，随着年龄的增长，我发现这不过是我的主观意愿，因为他一次次地让我在那些难忘的经历中，感受到他的存在和与这个家庭割不断的关系。

外公和外婆，是因父母之命、媒妁之言走到一起的。外公姓林，是南方小镇上的大户人家，外婆与外公的结合自然也是遵循了门当户对的习俗。虽说谈不上感情，但由于外婆的通情达理、勤劳聪慧，婚后的日子也算相敬如宾、丰衣足食。后来，抗日战争爆发，外公选择弃商从戎，辗转南宁，在黄埔军校南宁分校受训，后成为桂系精锐中的一名军官，参加了著名的台儿庄战役。

外公走时母亲还不记事，在那个兵荒马乱的年月里，外婆带着年幼的母亲艰难度日，而外公自从离开南宁就再无音讯。直到抗战胜利后的一天，小镇上开进了一支队伍，据说他们中还有人参加过台儿庄战役，人们敲锣打鼓，夹道欢迎。外婆在街坊邻里的喧哗声中隐约听到了那个熟悉的名字——开文，她放下手中的活，循声来到了街上。是他！只见外公一身戎装，腰系精神带，一边是手枪匣子，一边别着把日式匕首，手中握着马鞭，身后是勤务兵为他牵着马，身旁还跟着一只与他齐胯高的大狗。

久别重逢，外公并没有给外婆带来多少喜悦，还算诚实的外公很快把他的生活现状和盘托出——他娶了姨太太。妈妈还记得那天回到家，外公把姨太太安顿好后，带着愧疚地坐在外婆身边说："这些年我一个人在外边出生入死，又听说镇上被日本鬼子无数次地轰炸和扫荡，也不知你们母女怎样，头几年也捎信打听过，都没有下落。所以，唉……"

面对这个现实，外婆表现出了大家闺秀的风度。在以后一年多的时间里，外婆与那个姨太太在一个屋檐下和睦相处着。

外公与姨太太没有孩子，母亲就成了这个特殊家庭的共同宠爱。尤其是外公，把母亲视为掌上明珠，百般呵护。外公祖上是开布行兼车缝铺的，因此他的裁缝手艺非常了得，稍有空闲就会给母亲剪裁几件漂亮衣服。母亲说，她的不少针线绝活都是当年外公手把手传授给她的。外公当时还兼任着武宣的地方官员，所以经常要参加一些社交活动，外公为了弥补母亲，总是把母亲带在身边，出席各种场所。同时，也总是不失时机地教育母亲待人接物、为人处世的许多规矩和道理。在母亲的记忆中，跟外公生活的那段日子，是她童年最幸福的时光。好景不长，没过多久外公就带着他的队伍走了。母亲记得当时外公对外婆说是去执行任务，不久还会回来。

遗憾的是一切并不像外公说的那么简单。从此，半个多世纪的离别就这样酿成了。

如果说，由于外婆的善良与宽容使母亲对那个戎马倥偬而且潇洒不羁的男人留下的是亲情的温暖、幸福的回忆，那么，外婆一生的守候、母亲半辈子的牵绊，给我留下的则是一段难以释怀的困惑、几许淡淡怨恨的忧思……

正是这些不该经历的经历，使我对"外公"这个并没有在我生活中存在过一天的名词产生了与亲情无关却与苦难、悲伤相关的记忆。

改革开放后，随着"三通"的逐步实现，父辈们的那份思念得到了些许慰藉。可是正像托尔斯泰所说："幸福的家庭总是相同的，而不幸的家庭各有各的不幸。"20世纪70年代开始，母亲和父亲就开始多方查找外公的下落，但一直没有结果。

原以为这一切将随逝去的光阴渐渐蒸发，成为永远。没想到1986年，一封辗转寄来的书信带来了外公的确切消息——老人一直隐居在台湾南部屏东县一处退役军人休养院，但已于几年前去世，享年73岁。

呜呼哀哉！生命的长河，就这样带着一个个瞬间流向了永恒……而外婆，也在一年又一年的失望中为我们这个家燃尽了她生命最后的光和热。

1997年，外婆也走了。这个把思念融进了生命的女人，也许早就不再期待重逢，她却用一生的守候保住了一个"家"的完整。

对仍然饱受离别之苦的人来说，那一道海峡是彼此盼望的牵挂；是坚守团圆的信念；是可以传递的乡愁；是寻根归祖的等候……对于我，它就是外公和那些镌刻在记忆中的岁月痕迹。

回乡记

有些人走了却永远记得，有些事过了却刻骨铭心。不知是不是算幸运，在我的生命中至今只有我那活到88岁的外婆离开了我们。外婆走的时候我没能去送她，她在我的心里被永远定格在过往的记忆中。

那是个晚春。我和姐姐都回南宁陪爸爸妈妈过年，操办好过年的事情离年除夕还有些时间，姐姐通过朋友借了辆长城哈弗，一早起来就跟爸妈商量着到哪儿去转转。我们都没有想到持重、稳健的爸爸会突发奇想地说要回妈妈的老家——柳州的武宣县去看看。爸爸当了一辈子武宣人民的女婿，却从未拜见过那里的三老四少。年轻时忙于事业，等到中年又忙于经历一个接一个的运动，再后来是争分夺秒地想着要"站好最后一班岗"，终于退下来了又面临着"扶老携幼"的羁绊，一辈子都在为别人忙活。我们估计这陪母亲回乡的事大概就歇菜啦，毕竟爸爸连自己的老家和父母的祖坟朝哪边儿都不知道呢。可没想到他还记挂着他对岳母大人的允诺。

妈妈高兴得像孩子一样，左一个"谢谢栋哥"（母亲对父亲的昵称）

右一个"谢谢栋哥"地边哼小曲儿边开始打点行装。

的确,在我们这个小家庭里,外婆和她那从小就"长"在我们记忆里的家乡,是那样的亲切和熟悉。20世纪60年代末70年代初,"备战备荒"是全民的首要任务,我们这些在军营里生活的孩子,除了跟大家一样接受父母的繁忙、饭桌上的拮据之外,就是经常在外婆的带领下,随着"战备疏散"的队伍回到武宣县的那个小镇——三里。

那时候,当爸爸妈妈每次不得已地把我们送走时,他们的脸上都流露着愧疚。他们哪里知道,那个充满淳朴、充满亲情的乡下小镇,早已是我们心之向往的"快乐老家"。于是"背井离乡"对我们来说一点儿也不伤感,见不到爸爸妈妈也并不觉得难过,没有电灯和自来水,那造型美观的煤油灯和清澈的井水好像更像想象中的童话世界,就连每天早上要跟着外婆去捡猪屎(做燃料)都是开心的事儿……有时想想我很感叹,孩子的心是那么敞亮、包容。人的一生如果都能保持那颗童心,该有多好。

妈妈是10来岁就离开家的,爸爸是压根儿没去过,我和姐姐也有30多年没踏上那块曾经培育了我们的善良、厚道和勤劳品质的土地了。一路上,妈妈都沉浸在对家乡和亲朋好友的回顾中,姐姐也在调动她那超常的记忆帮着妈妈拼接着一段一段往昔岁月。细细一捋,又不免有些伤感。可不是吗?妈妈的父辈几乎所剩无几,同族的兄弟姐妹有些已在艰难困苦中夭折,有些被病痛夺走,依然健在的又因人世浮沉音讯茫茫。每当想起这些,妈妈就会对那含辛茹苦、年轻守寡的外婆倍加感恩!是啊,外婆的自尊、自强和不凡的远见,可以说造就了我们两代人。

我注意到爸爸一路上话很少，他虽然没有到过这边，但架不住两个女儿从小在他耳边念叨，和这些年不断慕名到城里来的乡里乡亲，爸爸已经融入了爱妻的家园。这时的他，也许是触景生情地想起了自己一去不曾复返的故乡路，也许在怀念早已长眠在那里的父母双亲，只是性格使然他很少袒露自己的儿女情长，却悉心呵护家人的感受，我和姐姐都很羡慕妈妈这一辈子能找到像爸爸这样的好丈夫。

　　南宁到武宣大约200公里，现在已经基本通了高速，经过4个多小时的路程（中途走了些弯路），我们到达了县城。远远就看见了那座熟悉又已经陌生了的武宣大桥——绿水青山环抱的石桥，在夕阳下就像一幅油画。虽然看起来比小时候小了，但它依然延伸着我们童年时无忧无虑的快乐。

　　母亲的"林氏家族"在武宣这个地方算是名门望族，虽然时光荏苒，岁月变迁，但林家的后人仍然不辱祖先的名声。

为了不搅扰乡亲四邻，爸爸妈妈商量就直接投宿在我们叔公的家里。已是古稀之年的叔公还是那么挺拔高大，并且还是像我们小时候那样，亲自下厨为我们烹饪了一大桌的家乡土菜。闻着那特有的菜籽油的味道，坐在那久违的四脚小板凳上，围着圆圆的杂木桌子，一切都无须寒暄，就找到了回家的感觉。

第二天，我们在叔公的陪同下直奔三里。

从武宣到三里大约20公里，我们却用了快一个小时。因为武宣已升为县级市，到处都在搞开发，原来的田园风光已被推土机、搅拌机、压路机热火朝天地代替了。幸亏有姨父（叔公的大女婿）的车在前面带路，否则我们是怎么也找不到回家的路的。

不过，开着车走在童年时常走的路上，比坐在舅舅那叮吟咣啷响的自行车上感觉要踏实得多。有意思的是，当年用自行车带我的阿良舅舅，今天就坐在我开的车上。命运的轮回，常常像蜃景一样在生活中与我们不期而遇。阿良舅舅也像有些感慨地自言自语说："阿敏有出息啦……"

阿良舅舅比我大七八岁，并不是妈妈的亲弟弟，是从亲戚那儿过继给外婆当儿子的。外婆只有妈妈一个女儿，而且很早就把她送到城里去念书了。在农村，守寡的女人身边没有个男人总怕被人欺负，亲戚们的好心外婆还是接受了。就这样，阿良舅舅成了我童年的玩伴和小保镖，据长辈们"揭发"，舅舅还是我这个"刁蛮小姐"的出气筒……说起这些，阿良舅舅就露出那憨憨的笑，像是纵容，又像安慰地对我说："阿敏是喜欢阿良舅舅嘛，对不对？不要紧，阿良舅舅不记仇的，阿良舅舅早就忘记啦。"这朴实得让我有些辛酸的宽容，真让我为自己那少不更事的行为汗颜！

临近中午，我们浩浩荡荡地开进了三里镇，那一双双淡然的目光，说明小镇仍然保持着那颗见闻通达的平常心。因为是来寻旧的，妈妈拜望了几位老人后，叔公就领我们向老城区走去。

谁说建筑没有生命？一踏上那狭长的石板路，触摸那久违的门闩，倚坐那默然等候的石礅子，儿时的情景立刻生动地展现在我眼前，一切都那么亲切、温暖，一切都那么充满生机，就连那吱吱嘎嘎的推门声，我都仿佛怕惊醒了在厅堂上打盹的太婆婆。我突然有一种感悟：在浮华的都市里，我们常常寻找的所谓的"文化内涵"，其实它一直就存在于我的记忆深处，就在这里——这些看似陈旧，甚至荒废多时的门厅、跨院儿，那个见证了小镇繁华与萧条的圩市和戏台，以及整个三里街那典型的坐北朝

南、东学（校）西庙（北帝庙）的中式结构和两侧那望不到头的骑楼长廊，都在守候着我原路找回来的迷惘，也守候着我内心那一隅真性情的回归。

在位于老街中心的北帝庙前，我们一行人终于聚到了一起。各自都沉浸在自己的回忆中感慨万千。妈妈自不必说，一路走来，只要叔公一说她的乳名，竟仍是老少皆知，簇拥而上，都想一睹当年"小镇女秀才"的风采。我和姐姐虽然同步，可毕竟是大我几岁的缘故吧，几次触景生情热泪盈眶，而且她的记忆力特别强，对街里街坊、七姑八姨，以至叔伯婶侄门儿清，偶尔还有年龄相仿的人能叫出她的名字，弄得我和陪同的小孃孃（叔公的长女，比我大一岁，比姐姐小几岁）唏嘘叹服，敬佩不已。这时我再次注意到一直默默陪伴在妈妈身边的父亲，他还是那么平静，走在异乡的古镇，置身在陌生的亲戚中，他的和蔼与谦逊显然给镇上的人留下了深刻印象。这一次的故乡之行，也给他们晚年的日子增添了许多回味。

这时叔公凑过来建议我们进北帝庙烧烧香，顺便介绍了这座不寻常的庙宇。原来，它建于清嘉庆年间，距今也有200多年的历史了。然而，它远近闻名更主要的原因还在于它是当年太平天国前期主将萧朝贵的指挥部，可见三里镇在历史上非常重要的地位。所以，它也成了方圆数百里百姓的朝拜之地。我没有同去烧香，可我发现，一向不进寺庙的父亲这回却毫不迟疑地也加入了进香的人群。我在想，是不是人老了心就会需要一些寄托？父亲已是七十有五的人了，正是"从心所欲而不逾矩"的时候，不论他做什么，我都相信他有他的道理。

　　不多一会儿，父亲就先于所有人走出了寺庙。我们沿着小镇的骑楼漫步。这时父亲好像如释重负地自言自语道："我是来还愿的，给你外婆还愿。她老人家这辈子对我有恩哪！"我下意识地搀起父亲的手，感到了他那微微波动的情绪，虽然我不能完全读懂父辈们的心思意念，但我愿用心去回应一个老人对另一个老人的感恩……

　　父亲的举动深深震撼了我，原来背负感恩也会那样的沉重。是啊，我们常常忽视身边最亲近、最关爱我们的人，却又总在失去他们之后追悔那本应在举手投足之间、在早出晚归之时的点点滴滴。

　　让我们把感恩挂在嘴上吧，不要吝啬，不要含蓄，更不要等到这天清地明的四月天。

海南·我的童年回忆

出　行

由于自己从事的是电视工作，走南闯北，名山大川也到过不少，只是从来没有想过会加入旅游大军来安排自己的休闲时刻。具体说是没有设想过也会跟在那面小旗后成为不折不扣的旅游团一员，真正体会了一把随遇而安的无奈，也享受了一回被动中的从容。

为了避开春节期间的旅游高峰，我们选择年前启程、初一返回，自以为此时出行的人不多，可还是多少让我们意外。

我们一行一百七十多人于一月二十八日二十三点三十分左右抵达海口的美兰国际机场，顺利地在与海南的地陪联系后乘上了大巴。

啊！临海的夜风吹得好舒服！首先南北温差的戏剧性变化就够让人感到刺激了：一边是天寒地冻、衣着臃肿，一边是夏日良宵、衣着潇洒。看来，大家都是有备而来，都不动声色地做好了"减负瘦身"的工作。车行一路，导游便开始"就职演说"，我们的运气不错，遇到了一位小伙子做我们的导游，小伙子不但说话利索，还懂点儿黑色幽默。

我听着这略带方言的普通话，看着车窗外深夜里的海口，特别是街道两旁高挑摇曳的椰影，沉浸在儿时的记忆里。

那是三十多年前，父亲因母亲的缘故离开了部队。我们全家搬到海南，那时我只有六七岁，姐姐也就十岁左右，孩子眼里的一切总是新鲜和美好的。现在回想起来才知道，当时父亲母亲承受了多大的精神压力去呵护我和姐姐单纯、幼稚的童心。

记得我们是先坐火车，后坐轮船。在离开那座南方城市的时候，车站送别的那一幕在我记忆里留下了很悲伤的场面，我相信那就是我伤感的源头和对人情冷暖最初的感受。那天，父亲部队的首长，母亲单位的领导和同事，特别是平时老到家里来串门的莉莉姑姑、梁固叔叔、王阿姨、左叔叔，还有一直给父亲当秘书的欧副司令员……所有的人都在流泪，不夸张地说站台上是哭声一片，挽留声一片。事后才知道，父亲但凡"赖"上一两个月，随着政策的调整，他的问题也就迎刃而解了，更何况当时他刚查出严重的胃溃疡，医生建议他尽快住院手术。可是父亲在接到命令的一个星期内就打点铺盖，带着一家老小上路了。当然，这才有了我童年那一段阳光灿烂的日子和比同龄人更丰富的经历——浪迹天涯。

日　出

　　不知是坐火车到哪儿下车，反正我们是在晚上登上"东风二号"轮船的，大人们始终心情沉重地忙碌着，父亲更是一路沉默，像个搬运工。只有我和姐姐还有其他几个孩子像过年似的高兴，甚至有过之，因为过年已不再新鲜，可乘火车、坐大轮船绝对是第一次。

　　我们一家五口住进了一间几十平方米的客舱，是个套间，里面有客厅、浴室、卫生间、弹簧床，地板是锃亮的红色钢质地板，客厅中间还铺了地毯，我和姐姐高兴得在上面又滚又蹭，开心极了，母亲和外婆怎么劝、怎么拉也没用。

　　初次远行的这份舒适，大概对我的人生是一种暗示，也是一个浪漫的误导。因为从此我的生活坐标便永远定在了下一个路口，直至人到中年也没能停住仍在旅途的脚步……

　　当时确实孩子气，没等大人们忙完，我和姐姐就困得什么似的睡着了。

第二天一早四五点，我和姐姐就被母亲急促的催唤惊醒。母亲和外婆一边赶着我们的瞌睡，一边给我们姐妹俩穿衣服。我和姐姐都以为是到了目的地了，可母亲告诉我们是天快亮了，要带我们到甲板上看日出，这下我们彻底清醒了，精神也上来了，兴奋得没等母亲给我们把头梳好就蹿出了舱外。

母亲不愧是老师，时时处处抓住现实中的事物让我们感受课本中的知识。

黎明时的大海并不热烈，而有一份十分矜持的美丽！海和天之间分不清界线，恰恰是站在甲板上的我们分开了海和天。

船上的乘务员告诉我们，今天风浪不大，是看日出的好天气。

等了十几分钟，太阳真的在海天之间出现了！特别像慢慢从水里冒出来的一张漂亮的大脸庞，随着它的冉冉升起，我们的全身都沐浴在灿烂的霞光中。这时，甲板上早已站满了人，但面对如此壮丽的自然景观，没有人大声喧哗，更没有在都市里看热闹的那份拥挤，只是赞叹着、感悟着、陶醉着，沉浸在与自然相融的渺小和海、天、人的亲和之中。

那像伞一样撑开的一道道射线，也悄然在我幼小的心里洒下了一片永不褪色的阳光——坦诚、赤裸和温暖。

当太阳快要全部升起来的时候，母亲又提醒我们注意看它离开海面的那一刻。果然，太有意思了！

那红红的脸庞仿佛变成了一滴硕大的海水，像极了拖着晶莹的尾巴与大海吻别；又像婴儿脱离母体呱呱坠地的瞬间，调皮地跳出水面，而后又迅速地向天空攀升……

在路上

哇，到海边啦！

导游小邓用他的麦克风趣地唤醒了在枯燥的夜行中入睡的游客，也把我从遥远的思绪中拽了回来。

此时，我们的车已离开平坦的高速公路，拐进了一段原始的沙土公路。小邓又开始了他的解说。原来，这是离海口机场四十多公里的地方，我们一直在朝南走。考虑到我们这个团的时间有限，所以利用晚间多赶些路，以便明天的游玩能安排得更充裕、更从容。至于海嘛，明天见啦！小邓的解释倒算合情合理。

说话间车已驶进了一个园林式宾馆——碧湖温泉度假村。

第二天，我们的海南之旅正式开始。

早上七点三十分，我们的团队就在小邓的率领下启程了。为什么说启程而不是出发？因为我们此行的路线没有回头路，所以每天的出发我们都得把所有行李带上。这里有一个环节需要解释：从南京出发的一百七十多人，在到达海口机场时已分散成若干个团队，每个团队是三十多人，基本保证一个大巴的容量且略有宽松，因此虽然每天大家都是大包小包的，倒也没觉得拥挤不适。看得出来，海南的旅游业经过市场整合已经形成规范有序的局面。

离开此行的第一个临时住地，我们的车子很快绕出了来时的那段土路，驶上了高速。

在宽阔平坦的高速公路上行驶，人很容易犯困。好在小邓总是不停地插科打诨调侃着他所了解的海南，而不是墨守成规地背诵导游词，因此车厢里不时地会发出会意的笑声。

走了三十多分钟，来到了一个加油站，司机停车加油，让大家也方便方便。我和先生也下了车，趁着这个闲暇，我向小邓打听当年我们一家落户的白石溪村的红坡大队。听说我是来寻旧的，小邓热情地接过了爱人递上的海南地图就地展开，并指着我们当时所在的位置告诉我说："我们昨天出了海口后就一直往南走，因为海南的旅游景点基本分布在南面，像三亚（天涯海角）、博鳌（亚洲论坛会址）、西岛、亚龙湾等今后几天我们要去的地方都在南面。那么，你们家当年所在的方位是海南岛的东面，大概属文昌一带，正好我们现在就在文昌和三亚的交界处，看来你这次是不能故地重游了。也好，这样会想着再来海南，到时一定找我。哈哈……"

车子继续上路时已经是行驶在普通的二级公路上了，两旁的景致自然也在不断地变换着它特有的表情和姿态：时而是一片片整齐的橡胶林，时而是一片片亭亭玉立、婀娜多姿的椰树，还有芭蕉、可可、胡椒等海南特有的植物也不时地以它们或粗枝大叶（如芭蕉）或矮小繁茂（如胡椒）的别样风格让这些来自中原地带的人频生好奇，他们除了认识椰子树外，其他的几乎没有人能叫上名字来。中国真是地大物博，说起来南京也属于南方，自然环境却与之有着天壤之别！

海南的变化并不大，除了新建了高速、拓宽的公路外，没有什么别的改观，两旁依旧是阡陌交通、鸡犬相闻和一派祥和的田园景象，看不到那一块块被割据的开发区和热火朝天的喧嚣。但应该说这恰恰是海南的优势和它的吸引力所在。

也许是因为触景生情，虽然知道并不是走在三十年前的路上，可一切仍感到非常熟悉。每当车窗外闪过一片胶林或椰树时，我的目光似乎都能看到林子深处那一排红瓦砖墙的房子，看到那石板砌成的台阶湿漉漉地在芭蕉林中延伸，它的尽头就是那口曾给我童年带来欢乐和笑声的井。

重　温

记得当年我们从海口下了船便上了车，上了一辆当年部队通用的敞篷卡车，连行李带人一辆卡车大概也就能装下两家人。我们在那一批人里是最大的一家子，你想，连外婆都跟着来了，这坛坛罐罐能少得了吗？（后来才知道，当时才五十岁出头的外婆是辞掉了工作来照顾我们的。）加上那个年代地域差别那么大，来前就有人说：海南一年四季光吃鱼，没别的东西吃；盐是纯粹的海盐，内地人根本吃不惯；油也多是椰子油、菜籽油，等等。于是母亲和外婆出于对父亲和我们两个正长身体的孩子考虑，竟带去了几十斤面条（父亲的最爱）、油和盐，还有亲朋好友送的各种干货。跟我们乘一辆车的王叔叔一家也大同小异，结果本来就不大的空间几乎全让家具、食品占满了，人也只能以各种姿势猫在车里。就算这样，我和姐姐依然一路兴高采烈、饱餐行路，呼吸着从来没有感受过的新鲜空气，欣赏着未曾看到过的自然风光，看着那些村民灵活地爬到高高的椰树上采摘椰子。从那时起，这蹿天的椰子树也以它千姿百态的身影，占据了我们梦和记忆的一块领地。

想着看着，我竟觉得有些恍惚，仿佛真的回到了三十年前……

大卡车把我们拉到一个兵站，可能就是当时的文昌镇，只叫父亲母亲下了车，其他人和行李都不要动。没过多久他们就回来了，还跟了一个当地人模样的干部和父亲一起坐进驾驶室里，车子又开动了，不过这回出了兵站后，来时那浩浩荡荡的车队开始各奔东西，没了热闹的场面，我和姐姐这时才觉得有些寂寞和冷清，不由得靠到母亲身边。

我们家和同车的王叔叔一家被分配在白石溪的红坡大队，这里属于海南生产建设兵团，大队里的支部书记也是个转业军人，朴实、忠厚，待我们非常好。同时，还有二十多个广东知青，真正的海南人就支书一家和一个赤脚医生。

让人意想不到的是这里根本看不到大海，倒有点儿陕北的意思。

我们的房子建在一个土坡上（红坡大概因此得名），是三排阶梯式的红砖房：最高的一层住的是广东知青，第二层住的是我们和队干部，第三层是食堂、猪圈、菜地，还有一个供全村集会的礼堂（是就地取材搭建的土坯房）。再往下就是全村人用水的地方——井，井边有一排简陋的洗澡间，井周围是一片椰子林，记得每当刮风（海南的台风很频繁、几乎三五天一次）下雨过后，外婆总带着我们去那儿采蘑菇，那真是一种充满野趣和惬意的劳动！外婆传授的许多自然常识让我至今受益。另外就是我们带去的那些食品也基本属于多此一举，其实一切跟内地一样，都是部队化管理，柴、米、油、盐由团部按月发放且比内地更好、更实在。

然而，谁也没想到，就在我们安顿下来的第二天，父亲就病倒了……

父 亲

那天，父亲和母亲一大早就起来继续整理内务，可没过多久，父亲的胃病就犯了。全家人在母亲急促而惊慌的呼唤中惊醒，跑过去一看，父亲蜷曲着身子、两手死死地顶压着胃部，汗珠大颗大颗地直淌，脸上没一点儿血色、惨白得吓人。那一刻，我突然感到父亲好像瞬间就会被病魔吞噬掉，那个在我心中是那么高大威严的父亲，竟会被疼痛扭曲得那么无助、脆弱！

村干部和支书很快闻讯赶来，十几个知青七手八脚地撬开了卫生室的门（因为赤脚医生上山采药去了），拿来了仅有的一副担架把父亲慢慢地挪到上面，准备送医院。可是当时离我们最近的县医院也要走十几公里的山路，于是支书决定所有小伙子分成几组轮着抬，一定要以最快的速度把父亲送到县医院。

父亲倒下了，一直依赖性很强的母亲一下子变得冷静沉着起来。知道父亲这一去不会是一两天，便安排姐姐和外婆在家（因为姐姐要上学），匆匆收拾了几件换洗衣服，拉着我跟着父亲的担架去了。

这一天，我一辈子都忘不了……

崎岖的山路在脚下延伸，父亲的担架时而倾斜、时而起伏，抬担架的叔叔为了保证爸爸的平稳，常常是后面的举着、前面的弓着腰甚至跪着，这个镜头在后来每当看电影《小花》时我都会联想起来。

经过整整一天的艰难跋涉，终于在傍晚时分把父亲抬到了县医院。没想到团部的领导已先行赶到并与院方制定了抢救方案。于是，父亲在县医院经过简单的救护后立即被转送到海口市人民医院（当时好像叫"工农兵医院"），诊断为胃穿孔，并连夜做了胃切除（切除三分之二）手术。后来，给父亲主刀的医生告诉母亲，如果父亲再晚送来一两个小时，就会有生命危险！

手术非常成功，加上恢复期护理得好，父亲这个老胃病得到了彻底根治，直到现在父亲年已古稀却再也没听他提起胃疼。

人的生命，在疾病和死亡面前竟是这样旦夕祸福、瞬息万变。父亲的这一刀，让我们全家对海南留下了一份永远的感激，也让我懂得了生命需要用爱和真诚去呵护。

母　亲

在父亲住院的日子里，我们一家分成了三处——姐姐和外婆在我们那刚刚安顿下来的家，我和母亲在父亲所在的医院附近找了个招待所住下，父亲一个人在医院里，他的一日三餐基本由我和母亲送。那段日子，母亲的辛苦和操劳可想而知，尤其是对于她这个从不染指家务的人来说更是难得。每天到街上买菜（当时谈不上什么市场，小贩和近郊的菜农多半是在相对固定的地方当街摆卖），人生地不熟，方言听不懂。记得买鸡蛋时，因为交流障碍，我们愣是跑到附近赶了几只鸡来冲着屁股比划半天人家才明白……这样的笑料挺多的，后来母亲竟和当地人学了不少方言，每天晚上她都会让我帮她复习。

不久，父亲出院了。我们一家"漂洋过海"，又经历了父亲的大难不死，终于可以开始新的生活了。

因为父亲仍在恢复期，不能参加任何体力劳动，母亲成了我们家唯一的劳动力。

到了海南才知道，我们平时生活中的自行车、汽车上的轮胎、鞋子、女孩子扎头发用的皮筋等许多日常生活用品，都是以橡胶为原材料制成的，而它在工业以及军备上的用途就更是举足轻重了。二十世纪六十年代中期，一批印度尼西亚华侨冒着生命危险把橡胶树种子带回了祖国，并在海南给它们安了家。他们用一片赤子之心和不懈的努力，攻克了北纬十七度以下不能种植橡胶的难题。从此，橡胶业在国家、政府的重视下迅速繁衍和扩大种植面积，至今中国已成为世界第四大橡胶种植地。

可以说，母亲当年也是那千百万为橡胶事业做出贡献的劳动大军中的一员。

不过，每当回想起种橡胶，母亲总是诙谐地说："总会条件反射地感到浑身酸痛……"

从医院回来后母亲便投入了工作：每天清晨五点就出工，任务是种植胶苗。可别以为种胶苗像种树苗那么简单，得先挖好坑，每个坑必须按1米深、直径为四尺的标准完成，而且在坑的底部还要垫上厚厚的一层稻草防寒，否则胶苗就不能成活。

橡胶树的生长期一般在三年到四年，也就是说三年以上才能出胶，这期间的护理和培植同样一点儿不能怠慢。

母亲当年虽然只有二十八九岁，但毕竟已是两个孩子的母亲，跟那群十七八岁的知青相比，她的苦累可想而知，更不用说在这以前她几乎没有正经拿过锄头、铁锹这些重体力工具，结果当然是刻骨铭心的。

那一段日子，母亲的脸晒黑了，人变壮实了，父亲那一件件旧军装成了她唯一的行头。艰苦的劳动和繁琐的家务似乎让母亲更有活力、更有朝气，而那依然漂亮的脸上也多了几分坚韧和阳光，少了几分娇嗔和小资。

虽然那时我还不具备判断事物的能力，但我开始慢慢懂得了"母亲"这个称谓的内涵和分量！

生活，总是让人们在爱与痛之间经历得失，在得与失之间感悟成熟……

车停了。

这时，眼前是一望无际的大海和银色的沙滩，真的到海边啦！

没想到三十年后再走进海南，才真的让我在凭海临风中领略了它的"庐山真面目"。阳光、沙滩、海浪，自然到极致，也美到了极致。在天涯海角上观望，了然世俗，心如海阔；在南天一柱下驻足，地是云层、你就是天；大自然的坦荡与伟岸，让人屏息凝神、想入非非……

不过"菩提本无树，明镜亦非台"，其实自然的造化并没有任何初衷，是无以复加的人心给了它有形的含义、无形的寄托。不是吗？正是因为历朝历代多少正人君子，朝中显赫的官场失意，才使这片充满灵性的海疆更加传奇和具有人文色彩，才让现代文明渗透在每一缕阳光、每一寸沙滩上，也才能让我有了一段少不经事的美好童年。

　　海南，我还会再来……

人间四月天之2011

心·祭

离开北京转眼快十年了。这个城市里有我太多的故事痕迹，也有我太多的梦想、挫折，得意、失意的种种经历。但无论它给我什么样的喜怒哀乐，我都始终爱它，这种"爱"像是人性中最本质的彼此需要和精神力量的源泉。没错，很"精神"，一点儿都不物质。

这十年间我几乎每年都因这事儿那事儿地来北京一两趟，而且总在西城、海淀、公主坟一带。这让我相信生命中"缘"的存在。它就像一个磁场，根据不同的性格和经历营造出一种双向奔赴的自然状态。你可以觉得你是自由的，但是你生命的轨迹早已被"定位"。

终于，这次因为我是来休假的，所以心情格外放松。

呼吸着皇城根儿下特有的城市味道，和相约而来的忘年交走在夜幕中的紫禁城、金水桥、天安门以及新华门那条举世无双的长安街上，一边是高高的朱砂红墙，一边是宽宽的柏油马路，用目光抚摸那个同样举世无双的天安门广场，心灵总是能得到像漫步在海边一样的惬意、遐思和很有质感的平和。

喜欢北京的人没有一个不在这条路上挥洒过孤独、寂寥、激情、梦想，也都曾带着自己的梦和为了那梦与这个城市发生的种种故事，来到这条路上寻找它的深情拥抱和安慰。长安街啊！你是一条历史的"河"，又是中国这片人海中的历史。

朋友原打算约我陪他去一趟地坛，因为他和妻子——我敬爱的温大姐在那里有过许多难忘的回忆，可我们的时间终归没能凑到一起。据说，我走后他还是一个人去了，他说去为他的精神扫墓。

在这之前我们倒是一起去了趟圆明园。

那是我第五次走近这个守望着文明与建筑巅峰之碑的残缺之躯，算来距离我第一次看见它（一九八四年）已经快三十年了。当然，每次也不免俗套地在它冰冷而绝望的怀抱里留下影像，对着友人的镜头一次次寻找与那些岁月痕迹相协调的瞬间定格。

然而，这次站在它面前，似乎感觉有些许的不同，它不再用我引颈仰视，也不再那么寂寥破败。这

感觉让我很诧异，说与朋友，他似乎也有同感。我们的结论是，大概人生的阅历不仅让我们成熟、坚韧，也让我们的心一次次穿越到冥冥的"高处"，于是"登"而不觉顶，"望"而不觉远，"听"而不觉奇，"抚"而不觉伤，只是带着对历史、对伤痕、对过往最本能的敬畏！

圆明园，就是躯体的毁灭得到灵魂的永生最准确的诠释。

情·祭

清明假期，应丈夫老战友的邀请，和家人到蚌埠大别山区的霍山佛子岭风景区游玩。车子在盘山公路蜿蜒而上，眼前的山脉和满目苍翠让我想起了电影《大转折——挺进大别山》的画面。进山前就听丈夫与他的老战友谈论这一带的英雄故事，据说附近有个叫"天堂寨"的地方走出去许多红军，人称"将军寨"。这让我想起了那首深情哀婉的江西民歌——《十送红军》。当年，那些善良的小媳妇、深明大义的老母亲大概就是怀着依依惜别之情，在这绵延的弯弯山路送别自己的男人和儿子吧。这"大别山"是不是也是因为曾经留下太多生离死别的脚步而得名呢？这种情愫萦绕在我心头，随着山脉的起起伏伏蔓延开来，让我这颗来旅游的心变得丰满、厚重。我想：人们常说的"红色旅游"大概就是这种感受吧。

　　佛子岭的看点主要是掩映在山林峭壁错落不一的瀑布和山顶上的"江淮分水岭""皖鄂交界地"。游览过程必须乘坐索道，二十多分钟的索道翻越三座山峰。十五年前，也是这样一个春末，我和丈夫因帮我在山谷中寻找随身物品而相识。虽然丢失的东西无果而终，后来我们在接触中产生了感情并修成正果……

爱是一种感觉，它总是以不期而至的形式降临，稍纵即逝，而情是一种行为，需要时间的累积和耐心地经营。当"爱"的瞬间有了"情"的加持就形成了婚姻；当爱情有了婚姻的磕磕碰碰、琐琐碎碎，就是家的建立和生活的开始，也是爱情隐退、亲情诞生的终极蜕变。

春·祭

我不喜欢春天。因为在这个季节我总是感觉不舒服，比如：胸闷、倦怠和莫名的惆怅。总之，春天让我的身体、心灵、灵魂都患上了"流感"。

大自然把春天放在一年的开始，又把生命的更迭安排在这个季节，于是春天柳绿了、花开了、草长了。人却要忙于上坟、扫墓、祭拜祖先。

那时断时续的雨季，让"路上行人欲断魂"，那开满鲜花的山岗，不过是装点人们心中最荒凉的思念……我总觉得春天像披着雨丝忽忽悠悠走来的"倩女幽魂"，把每一个活的灵魂带到逝去的生命面前做一次心灵洗涤。善良的会因此得到祝福，邪恶的会因此感受自责。

在这个"人间四月天"，我远离忧伤，在佛子岭畅饮"剐水（大别山特有的矿泉水）的清润、甘甜；感受"迎驾"原浆（酒）的温醇、绵柔；在天堂寨呼吸天籁般清新的空气，沐浴灿烂的阳光；听山间飞瀑、林中溪水的和谐交响。"点燃"心的香，祭拜这自然的灵和生命的春！

他们相约而去

"有些人走了却永远记得，有些事过了却铭心刻骨。不知是不是算幸运，在我的生命中至今只有我那活到88岁的外婆离开了我们。外婆走的时候我没能去送她，于是她在我的心里就被永远定格在生动的记忆中了。"

这是我在2007年清明前为怀念外婆而写的一篇文章的开头语。当年我40多岁。2021年，我送走了人生中又一位至爱亲人——90岁的父亲。虽然悲伤依然是座山，但我仍然觉得我是幸运的，特别是与"3·21"东航航班坠毁那些不得不接受飞来横祸而失去亲人的人相比，父亲的高寿而终应该说无论对生者还是逝者都是幸运的。

我特别认同"向死而生"的人生态度。它能叫人活得坦荡、活得自然、活得惜福、活得讲究。更何况对于我来说，每个来过这个世界的人，他的生命过程、他的缘起缘灭、他的爱恨情仇、他的喜怒哀乐，以至他的生离死别，都是有定数的，不是巧合，也没有如果。

父亲的葬礼后，我回到位于江南路的老宅去收拾整理屋子，准备等疫情缓和后让母亲回家去住。因为出出进进地拾掇，我便半掩着门在屋里忙活。不一会儿，隔壁的阿姨把头探进我虚掩的门，冲我问道："你是魏家的什么人哪？"我答道："阿姨，我是他的二女儿。"她仔细地端详了我一会说："你是小敏啊！我都认不出来啦。你妈妈好久没回来住了，她还好吗？你爸爸安葬了吗？"我一一回答了她，然后习惯地问道："杨叔叔在家吗，怎么没见他出来溜达啊？"这时，只见阿姨脸上掠过瞬间的伤感，惊讶地说："他走了，去年的8月23日走的，你们不知道啊。"

爸爸是7月23日走的，杨叔叔正好是在爸爸走后一个月后的同一天。阿姨听了我的话后喃喃地说："唉，他们都走了，张主任去年5月份走了，你爸爸7月份走了，你杨叔叔8月份也走了，他们相约着一起走了。"她一边说着一边打开自家的门走了进去，只留下我原地怔住。

她说的张主任，是20世纪80年代广西体育事业鼎盛时期的奠基者，更是父亲、杨叔叔他们最敬重的领导和挚友。

可不是嘛，那个和蔼可亲的张伯伯、那个总爱跟我开玩笑的杨叔叔，还有我90岁还耳聪目明、腰杆儿笔直的老父亲，无论说心态还是状态，他们都是别人家口中的老人，名副其实的寿星。然而，他们在一年内相继离开了这个世界。是前世有约，还是今生宿命？

此时，我只想祈祷：愿每一段生命过程都能有来时如愿，去时如愿的圆满。

第三卷　友爱相随

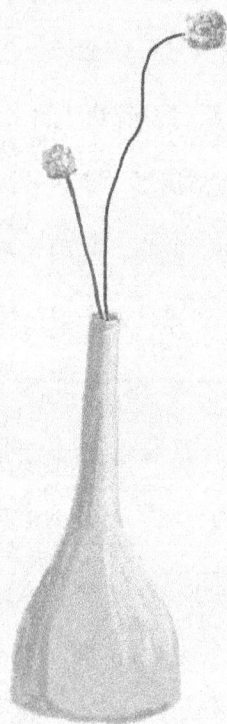

友情，生命的甘露，人生的驿站。

伙伴儿

那是女儿刚出国不久，一天，她在郁闷中向我哭诉着身处异国他乡的那份孤独和无助。仔细听听，才知道根本问题还是朋友的匮乏和伙伴的嫉妒。

我没有顺着她的悲伤情绪去安慰她，而是告诉她这才是真实的生活。因为我想，与其带着她逃避现实，不如教她如何面对残酷。

转眼一年过去，她在逐渐适应和进入状态，身边也开始有了新的伙伴，有韩国的、当地的和中国的。最近，她结识了一个叫"阳"的上海姑娘。女儿说，这几天阳总是处处跟她闹别扭。原来，是因为阳发现那个自己一直很看好的男生，把目光投向了我女儿。这使她心里产生了一种挫伤感。于是，便把妒火发泄在我女儿的身上。

我的天！不知不觉中，女儿已经到了开始遭遇争风吃醋的年纪。女儿的初恋，就这样伴随着青涩的、酸溜溜的、甜中有苦的滋味来到了。

巧合的是，女儿少女时期的伙伴"阳"，让我想起了我的少年伙伴——阳艳。我跟女儿说起了我的少年伙伴，那个也叫"阳"的女孩儿。

我的伙伴阳是个开朗、热情，极其爱美的女孩儿。我们是在她报考大学的那一天相识的。那时，我已经是某艺术院校附中的毕业生，因为成绩优异而被免试，准备直接升入本科。我和阳就这样带着极不同的心态，在她抱着琵琶正茫然地寻找考场的时候认识了。人生，就是由一次次不经意的巧遇、机缘构成的。有缘瞬间成永远，无缘久处不相知。我和阳就属于前者。后来我们在一个班、一个寝室、一间琴房，但我们不是人们概念中形影不离的朋友，甚至恰恰相反。阳的父母都是普通工人，所以她十分珍惜上大学的机会。虽然她是个特别爱美的姑娘，但是她从不向家里要钱用来满足自己的虚荣心，她能把一些我们看着非常不起眼的东西，通过她的巧手制作成装饰品来打扮自己。我在认识她以前少言寡语，很不合群。我们经常最晚回宿舍，最早离开餐厅。久而久之，她的开朗、善良也一直温暖着我，她会在我一次次错过打饭时间的时候，为我打来饭菜；在一次次冬天的澡堂里，递过来一桶热气腾腾的洗澡水，而我，也总在被她一次次的感染和带动下，变得渐渐有了温度。我也用一次次在她缺课时为她抄下笔记；在她文化课学习遇到困难需要提供资料和援助时为她伸出援手，我们逐步加深着彼此的友谊。

转眼快毕业了，我们也从十六七岁，长成了二十岁。阳的青春活力和热情奔放，使她身边的追

求者不断。那时社会上刚刚流行交际舞，阳的舞姿十分了得，不管是校内的舞会，还是校外的舞厅，只要阳一上场就会吸引所有人的目光。于是，我成了她最信任的幕后参谋，她成了我最默契的"挡箭牌"。后来，阳的丈夫，就是当时我替她"海选"出来的，这也成了我这一辈子做得最得意的一桩好事。

时光的梭，总是默默不停地织着生活的画布，我们又都用自己选择的方式在上面画着不同的内容。虽然这几十年我和阳的交集并不多，距离也随着年龄的增长离得越来越远。但"相望于江湖"的我们友谊丝毫不减。她和老铁的丁克状态，我上有老下有小的凡人常态；她说走就走的二人世界，我牵绊的烟火人生，都从不影响我们偶尔想起便海阔天空的神聊。每一次短暂的相聚，都如同读我们那本未完待续的书，又像照镜子。彼此照着，有欣赏、有品位、有懂得，更有反思。阳，总能把经历的苦难变成花别在胸前；总能把承受的痛苦变成阳光挂在脸上，活出她名字的样子。我突然明白了中国人为什么对起名字这么在意。原来，这千呼万唤的符号里包含了天下父母对儿女一辈子的盼望、期许和寄托，也在冥冥之中成为我们人生的底色与初心。

好友晓东

那年中秋，南京因一场叫作"莫兰蒂"的台风的影响，我们在大雨中度过。"花好月圆"成了现实版的"镜花水月"。但无论天公是否作美，过节的气氛和礼数还是依然如故、按部就班。中午，陪老人吃了饭，又一起品了家人从广西寄来的月饼，便按计划带着北京来的老朋友冒雨游南京。

我与晓东相识于20世纪80年代。记得有一天，我到他们单位的前台取照片，时值中午，柜台里那几个小伙子正一脸慵懒无聊地跟着隐约从街上飘来的流行歌曲唱着"特别的爱给特别的你"……此时我正好站在柜台前，四目相对的瞬间非常尴尬，不过很快就被他们自嘲似的坏笑解了围。晓东那天也在其中，但说起此事他却全忘了。他就是这么一个执拗而认真的人，因为之前是他从我手上接的单，所以当我按时出现在柜台前时，他一心只想着以最快的

速度把照片找到并交到我手中，周围的一切都被他忽略不计。那一年，我刚刚大学毕业参加工作，参加了为庆祝中华人民共和国成立35周年举办的全国少数民族成就展"广西馆"的筹备。那时的晓东大约也是刚步入社会不久，他的父母都是我们国家第一代新闻摄影人，他也算是子承父业吧。

当年的我们，一个踌躇满志地在北京国家机关的重要部门从事自己喜欢和擅长的职业；一个刚出院校走上工作岗位就接受了重要任务，又是第一次来到全国人民都向往的首都北京。一个精力充沛、敬业热忱；一个雄心勃勃、真诚单纯。那时，我在"广西馆"的主要任务就是每天往返民族宫和图片社，把记录着代表广西各族人民以及各行各业在中华人民共和国成立以来发展状况的照片底片，经过千挑万选送到宣武门外大街甲1号楼的中国图片社，又从中国图片社取回按尺寸扩印好的照片，送到馆里每一个展厅的布展员手中。我们的缘分从我第一次走进中国图片社，他们的领导把他带到我面前，告诉我"广西馆"的图片工作由他负责与我接洽的那一刻结下了。那天一见面，我惊讶地认出他就是当时中央电视台《为您服务》栏目中那个教摄影的老师身边的小助手。在20世纪80年代，中国刚开始普及电视的时候常在电视上出现，很容易就混个脸熟。所以，能跟他合作，我倍感荣幸。从此，民族宫到宣武门，长安街到牛街，留下了我们半年多辛勤奔波、互相关心、陪伴的身影和足迹。在我俩的共同努力下，"广西馆"的图片布展工作提前完成，民委领导非常满意。现在回想起来，晓东那时候为了不耽误我们的布展，常常亲自把照片送到民族宫来，风雨无阻。他的敬业与服务理念相当值得赞誉。晓东也因此给"广西馆"所有工作人员留下了深刻印象，我们的友情就这样延续了下来。

20世纪90年代后我们联系虽然渐少，但女儿与晓东舅舅的亲情随着网络时代的到来越来越亲密无间。还是因为他去年应邀来参加女儿婚礼时在网上订票的一个误操作，才有了他这次"节外生枝"的南京之旅。

考虑到晓东是个专业摄影人和他对事物独到的见解与爱好，我和先生为他特别定制了一个古镇、老城的行程。两天前，我们陪他到乌镇的情景让我记忆深刻。

虽然知道他一定会对江南古镇情有独钟，但他对古镇那过往情愫的亢奋，对小桥流水、乌棚老宅的痴迷，还是出乎了我的预料。特别是他对东栅景区完全原生态民居、民俗不吝溢美之词的赞叹、唏嘘，倒叫我们这些更喜欢西栅那经过修缮后的精致与完美的人显得有些肤浅、矫情了。一个

不经意间映入眼帘的"晴耕雨读"，会让他对古镇文化大发感慨；一个《林家铺子》的名著原址，会使他久久驻足、流连忘返；一个当代学者的老宅门户，会令他情不自禁地无限仰慕，镜头里捕捉的全是充满人文情怀的细节、小视频里录满了他眼中的生活百态。的确，当我随着晓东的足迹

走在听得见鸡犬的叫声，闻得到各家门里飘出的味道，看得见三三两两倚着门框、坐在檐下闲聊、发呆的妇孺，窗棂下被阳光照射得熠熠生辉，老者低头诵读的东栅老街，那种久违了的简单、纯真的人性况味，那种让你瞬间恍惚的时空穿梭，真的会让你对眼前这些充满故

事的旧情、旧景心生敬畏。

直到这次我和先生才弄清楚，东栅、西栅原来是方位和风格截然不同的两个景区，并非我们之前认为的"西栅景区河的两岸"。呵呵，不知有多少如我们一般的"老游客"也曾这样自以为是地误导着自己。

之后，晓东又独自在扬州小住了两天。中秋节这天他赶回了南京。在先生的盛情邀请下晓东和我们一起到我婆婆家吃了午饭。午饭以后，女儿主动提出要带晓东舅舅到南京江北的老城区去转转。我们在她的带领下来到了中山码头。

雨雾笼罩的码头，人流稀少。那来来往往的渡船不紧不慢地停泊—离港—离港—停泊。我们到时渡船刚走了一趟，原有些失望，这时女儿指着江面上开来的另一艘渡船说："不急，下一趟很快就到。"我们便提前买了票（2元/人）在岸上等着。

这是一个老式渡口，一切设施都很有年代感，它就这样静默在雨中。几个陆续到来的乘客或拎着食品或推着自行车和我们一起在等着那渐行渐近的渡船，看上去是住在对岸的居民，一副常来常往的淡定和简朴模样。晓东对此情此景很感兴趣，不时向女儿打问着江那边的情形。当听到女儿告诉他，那边的城区基本上停留在1949年以前的感觉时，他竟兴奋地大声重复道："那边真是过去的感觉吗？"他那浓浓的京腔和莫名兴奋的语调引来了那几个江北人的目光。晓东意识到了什么似的放低了声音，既是对自己唐突的补救，又是更正地说："那边是不是还保持着老城区的样子？"我们和女儿看着他，都只顾笑而并不答话。说话间，渡船已稳稳地靠了岸，我们也随着稀稀拉拉的人群上了船。

先生触景生情地给我们摆起了龙门阵，回忆着当年他从部队回家探亲，每次都要在这里下车，看着一节节车厢依次拆开、上船，船到对岸又依次下船、组装，然后再上车，最后才能到达南京的情景。他略有所思地回味着那时充满孩子气的自己，对一年一次的回家本就归心似箭，却每次

又不得不耐着性子面对这"可望而不可即"的咫尺距离。奇怪的是，后来有了长江大桥，他却再也没有了坐轮渡过江时那份对归家的迫切与期待。这也许就是时代进步和发展给我们出的最难解的一道选择题吧。

晓东和我都是第一次坐这趟渡轮。听着先生的讲述，站在偌大而空旷的船舱里感受着20世纪南京人的生活状态，想象着一江之隔同城不同俗的市井文化，在漂移中领略着长江两岸的今昔变迁，忽然有一种"一江春水，两处闲愁"的感慨和思绪在胸中涌动。

10分钟左右，船便到了对岸。我们随着人群，踏着哗啦做响的浮桥下了船。眼前的确是一幅过去的画面：墙体斑驳的小楼，一两条一眼能看到头的街道，各种残留在墙面或楼宇间的标语、路牌，某某旅社、商店的牌匾。最醒目的建筑要算我们奔它而来的南京老西客站了。可惜现在它已被各种栅栏、铁门封堵了起来。女儿非常惋惜地对晓东舅舅说，前两年他们还常带着朋友来这里玩，那时的西客站虽然已经没有了客运，却是闲置和敞开让游人参观的，不少摄影爱好者和婚庆公司也总爱在这里拍照。我们只好从稀疏的栅栏向里探望，空荡荡的站台依然默默地在风雨中伫立，荒废已久的铁轨依然执着地在杂草中延伸。这时我的脑海里回响着那首歌："长长的站台，寂寞的等待；只有出发的爱，没有我归来的爱……"

在我们围着不大的老城区东张西望、走走停停的过程中，我注意到有那么一两个骑着人力车的脚夫，每每经过我们身边总是有意放慢速度期待着什么。可他们并不招呼，更没有像江那边的生意人那样吆喝和揽客。只见他们悠闲地关注着像我们这样的生面孔，随时准备着为我们提供服务。看着他们简朴的衣着，我仿佛觉得自己是身处20世纪七八十年代的某个城镇，对他们传递给我的这种友好的陌生感和舒服的距离感有种说不出的敬佩与感动。这让我对那个虽然清贫，但人与人之间无须戒备、不用盘算的年代骤然怀念起来。对于我们这些"60后"来说，一穷二白的年代造就了我们"艰苦奋斗"的本性和"知足感恩"的本能；改革开放的发展给了我们梦想成真的喜悦，却也给了我们对物质取舍的烦恼、对私欲无解的纠结。

这几天陪着晓东在古镇老城的游走，倒让我对生活多了一点简单的满足，对人生多了一点归零的放下，对心灵多了一点怀旧的安抚。

文化苦旅
——寻梦人

借用余秋雨先生如雷贯耳的书名，要说的却是一个人，意图简明：一是认可这苦旅；二是想说在苦旅上跋涉的人不止一个。

淡然，永远处于醒时做梦的状态，大概是蒋力给自己与事业的定位。有美好、有荒诞，也有他作为一名记者的正直与机敏。

我们相识在十年前。作为朋友，蒋力是我生活簸箕里筛选不掉的一个人。他这人很随缘，一身正气，他给我的感觉是老成持重，少言却不寡语；外表慵懒，内心却揣着一个对事物认真得有些执拗的大男孩儿。因此，认识他不易，了解他却不难。他总是不经意地流露着对自己、对别人、对事业的执着与严谨。

最近从蒋力结集的《变革中的文化潮》一书我才比较全面了解他的文风。如他所说："文无定型。"正是他的无定型，才使我看那些曾经趴在各种报刊上的字虫感到一点可视性，忘记了冠以"报告""纪实""现象""透视"等帽子下的无味，如读故事般孜孜不倦地随着他的文笔走向文化苦旅。这些年，出书、赠书者盛，蒋力这本书我常带在身边，有空暇就抓紧时间读一篇。这样做，是因为那毕竟是一本不薄的纪实文学，而不是小说。但对于同样喜爱高雅艺术的人来说，书中一定有你感兴趣的内容和想找到的答案。

有意思的是，也许是诱人的经济潮使处于困惑的文化界动摇了一贯的观念，"换种活法"的个别成功之例也使他这种长期拘泥于某种模式的文人雅士由衷地振奋了一下。蒋力也许是其中的一个。一年多以前，他一边收集着七年记者生涯辛勤笔耕的成果，一边带着唱《国际歌》的亢奋与报社潇洒告别，把档案存到人才交流服务中心，当上了自由撰稿人。这对于任何一个中国式的敬业者来说，无疑是一次自我挑战，更何况他丢掉的是一个令人羡慕、欲求难得的饭碗。我不敢说"壮哉，蒋力"，因为知情者都明白此中的无奈；我更不敢贸然断言他今后会是无量坦途。

数月前进京，我拨通了蒋力家的电话，但几次均无人接。这首先让我感到了与以往的不同，见面时我更发现他比从前鲜活了许多。不久前他受聘出任北京音乐厅副总经理，上任后自然有时风雨有时晴。要知道，北京音乐厅近几年来的状况并不乐观，它与整个中国严肃音乐的发展有着同步性。去年承包经营之后，作为国家级专门音乐活动场所的北京音乐厅，正出现"重整河山"之势，蒋力于此时此地受命，无疑是一次大干一番的机会。我问他算不算下海？他肯定地说不算，又补充了一句："连海边溜达都算不上，因为毕竟没有离开文化圈，一切的一切首先是为了事业，其次才是赚钱。"目前，北京音乐厅正在首都人的眼皮底下悄悄改变着自己。

这种变化也许引起不少争议，但我想，中国的严肃音乐事业的确需要有人付出，甚至是牺牲某些暂时的利益去推波助澜，这毕竟是国民素质的一个标志吧。

蒋力，我的朋友，祝你好运！

本文发表于1995年5月20日《新闻出版报》文学版副刊。

蒋力其人

认识蒋力是在四十多年前那次纪念聂耳活动的昆明之行。

作为朋友，他是我灵魂的影子、思想的轻风。他的沉默寡言，曾一度使我好奇、仰视、沉迷。因为这种沉默，给我的是能量、智慧和对事物最直接的判断和最通透的感知。于是，我的单纯与他的其实并不复杂的深沉得到了很好的互补；于是，相处的几十年中，无论见与不见都因这熟悉的沉默而保持着温度，给予彼此一份舒服。

喜欢他的文风。无论是早年《变革中的文化潮》，还是后来的《音乐厅备忘录》《咏叹集》，乃至最近的《墓歌集》，莫打开，打开必入境。即便是满纸流水账似的事件实录，你也会自觉追随，莫名深入；爱读他的文字，没有形容和比喻的字里行间，是一种没皮儿、没瓤儿，只有核儿的洗练、实在，含而不露的权威感下有一点儿见子打子的诙谐。

说来惭愧，自打认识他就从来没有关心过他的来路，只关注他的去向。直到看到他新书签售宣传栏里的简介才知道，他是我国著名汉学家杨联陞的外孙。

曾以为他清心寡欲，只问人情冷暖、艺域声歌，不承想，他在五十多岁时再得佳偶，并赶上了儿女欢绕膝下的凡人之福，还为此移居上海，妇唱夫随，开启了另一段"戏剧人生"。

不久前，他与妻子王燕（青年指挥家）带着他们与甘肃省歌剧院合作的民族原创歌剧《呼儿嘿呦》参加了中国歌剧节。演出结束，我们又在剧院门外碰头，向他道贺后我好奇地问道："怎么是你来导？"

他略显无奈地解释道："是想找个知名导演导来着，可经费有限。院长与我是莫逆之交，认为我用对歌剧事业大半生的研究与经验，足以忽略这隔行的山。"

我又求证地问："算导演的处女作吗？"

他稍加思考地回道："仅就歌剧而言应该是首次。"

难怪在谢幕时，当他在侧幕把一个个主创"护送"出去，最后出现在舞台中央，更像是家长的到场！

我想：这大概也是他给"导演"这个角色的自我定位吧。对于毕生关注的歌剧事业附上"披挂出征"的激情；对于后生晚辈给予俯身扶持的倾注。既成全了自己，更成全了挚爱。他也因此在我心里分量倍增。

　　都说喜欢是不需要理由的，但我对他的偏爱还是有理由的。所以，当开始筹划出版我的文集时，自然只想向他求代序。电话那头，他听着我客气的语气嘿嘿回道："我不敢不接……"很快，一篇言简意赅的《偶然》，替我勾勒了《随心所遇》的必然。

　　知己难觅，此生当惜。谢谢你，蒋力！

对话史铁生

下午，无聊地打开电脑，鼠标在网页上毫无目的地搜寻着。最后停在了"史铁生去世"的消息上。

这位身体残疾与文字相伴了五十多年的作家，在与命运顽强抗争了三十多年后，终于在疾病中获得了对痛苦的解脱。

至今，在我的音像资料中还存留着当年在中央电视台主持《文学之窗》栏目时与先生促膝而谈的采访。记得那期节目是因为先生与我们栏目的主编——北大校友的交情，才得以成行的。

那是一个秋天的早晨。到史先生家里大约是上午十点。采访是以我们俩交谈的形式拍摄。虽然我现在已经记不得先生的模样和我们所谈的话题，但那天的谈话氛围清晰录入我记忆的底版。在史先生那间四十来平方米的屋子里，我们在一张靠窗的写字桌旁相对而坐。秋日正午的阳光不时地在他的脸上和身上掠过。也许，我还算他今生愿意面对的有限的人之一吧。印象里那天史先生挺开心，聊到高兴时，他会自己转动着轮椅到他的书柜前伸手去寻找他话题的佐证……其实，之前我对史先生并不了解。但那天以后的我，心里多了一份与世俗无关、与灵魂有关的自我省察，并且乐在其中。

网络上，关于"史铁生去世"的消息后有许多相关信息，我都没有兴趣再去了解，相反，顺势在网上找出了先生的那篇成名作——《我与地坛》细细地重读起来。当我再次走近他的文字，我发现此时此刻来读这篇文章再合适不过了。就像与他当年面对面而坐的交谈，字字走心、句句摄魄。那个我并不陌生的北京地坛，在他人生重创后的精神沉沦过程，竟如同一个活着的古人，与他恸哭命运的多舛、生活的残酷，又与他一同彼此抚慰风雨侵蚀的累累痕迹、岁月沧桑的层层叠加，在他的苦闷中，以同样的"苦闷"回应着他对生命的种种叩问；在他的反思中，以同样的"反思"呼应着他一次次遥望母亲寻找他的怅然背影……

这个默默存在于北京一隅的古迹，怎么也不会想到它能成为这个时代许多人"逃避一个世界的另一个世界"，成为他们祭奠过去、憧憬未来的结束与开始，成为他们与来世今生对话的精神殿堂，并像信仰一样伫立在他们心中。我在北京也有这样一处精神殿堂——天坛。只是我比先生幸运多了，每次往那里去都有友人的陪伴。我们会彼此沉默地在任何一个僻静的古柏下席地而坐；站在那个与天最近的祭坛上仰望苍穹；驻足在回音壁旁，穷尽从远古传来的呼唤；走在长长的神道上，丈量着是否与我们弥合的帝王脚步……和史先生一样，在我与北京近二十年的缘分中，天坛成了我所有过往的见证。

人这一辈子长短并不重要，重要的是你是否"思想过"，是否无论快乐、幸福，还是疾病、痛苦，你都能以一种信仰的姿态去面对，从不怨天尤人、拖累别人，即便抱残守缺，也不放弃悲悯与感恩。就像电影《非诚勿扰2》中，在香山为自己举行的那场活着的葬礼。此时，我也想起《我与地坛》里的一段话："一个人，出生了，这就不再是一个可以辩论的问题，而只是上帝交给他的一个事实；上帝在交给我们这件事实的时候，已经顺便保证了它的结果，所以死是一件不必急于求成的事，死是一个必然会降临的节日。"

"生下来、活下去。"是我们一生的工作。这看似简单的道理在这个世界却很少有人去思考。于是才会物化、才会矫情、才会虚荣，甚至在荒淫中挥霍活着的光阴。

从这个意义上说，史先生用他健康的神志，几近完美的状态，走完了他的人生。而他那些有深刻快感的文字，对生命的解读，给人们留下了又一座精神祭坛。

我们一同庆生

　　我的生日和著名作曲家王立平先生的生日同在一天。我们在20世纪80年代相识并一度成为忘年知己。那时，他正在为中央电视台拍摄的大型电视剧《红楼梦》呕心沥血地创作着音乐。而我，受命慕名到北京找王老师为我们写市歌。

　　记得那天，当我执着地在北影乐团的传达室等了两天之后，终于感动了传达室的看门大叔，他不顾一切地把又将匆匆离开的团长——王立平的车拦了下来，并把我带到了他的面前。初次相识的我们，都给对方留下了意外的印象——我没有想到大名鼎鼎的作曲家会是那样的谦和与慈爱。后来王老师也告诉我，我的一脸真诚和毫不媚俗的自信也给他留下了良好的印象，所以才破天荒地告诉了我他家的地址，并安排了见面的时间。

　　大概没有人会相信，那天王老师还是自己下厨做好了晚饭等着我这个来给他找麻烦的小朋友的。那间简朴的三室一厅，被各种书籍、乐谱和摄影器材堆得满满的。落座后，我们聊起了《红楼梦》。王老师问我："看过

《红楼梦》吗？""看过几遍？""喜欢里面的哪个人物？"我一一作答。当听到我说最喜欢晴雯这个人物时，王老师露出了些许意外和欣赏的表情，淡淡地赞许道："你是个不媚俗的人。"于是，"不媚俗"这个评价，成了我后来以至现在面对纷繁变迁浮华世界的一种定力。聊到高兴处，王老师还边弹边唱起了《晴雯歌》。记得那天，我还见到了王老师的老母亲，一个白净利落、很有气场的知性老人。后来我的那首成名作《母亲》的内心原型里就有她老人家的影子。

总之，在王老师家的那次相聚，在我的人生以至创作中，都变成了不可取代且富有能量的美好回忆。王老师的至善与威严、平和又慈祥的人格魅力，也成就了我们一生最珍贵的忘年友情。

最后，当我们谈到我此行拜访的目的时，王老师风趣地说："我没有到过南宁，看来我又要勉为其难地做一次无米之炊了。只要你们不是太着急，也别催我，这事儿我就接下了。"其实，回头想想，这事儿只需我跟他的经纪人对接就完事儿了。可王老师没有这样做。

这几十年里，我看到的王老师，是远离名利场，沉心于规范和建立中国音乐著作权这一伟大而艰辛事业的王老师。他奔走于抢救和搜集中华人民共和国成立

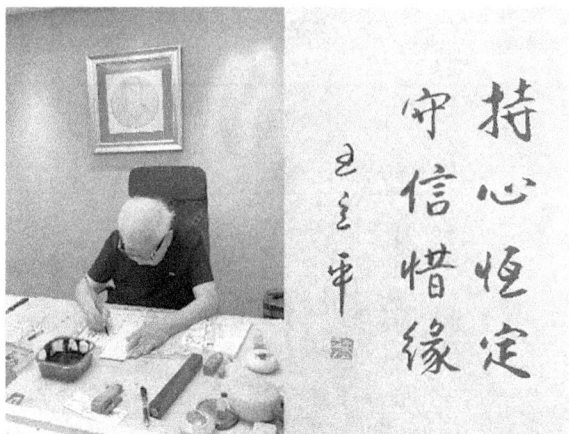

乃至改革开放以来的原创歌曲、民族音乐的编撰整理的庞大工程；积极推动着包括《红楼梦》在内的中华民族音乐创作的进程。依然故我地持守着一个作为人民音乐家的使命与担当。壮哉敬爱的王老师。

今天，看着他应我的请求，伏案为我写题词的样子，那稀疏的银发、专注的神情，令我动容。岁月是一枚勋章，只有那些不虚度光阴的人才能稳稳地把它托住。眼前的王老师就是将这枚勋章稳稳捧在手心里的至尊老者。衷心祝愿我敬爱的王立平老师艺术常青、喜乐安康！愿纯粹的艺术和艺术的纯粹像他的作品一样永远充满温度和活力。

又及：写本文期间，家人送来了从旧物件里找出的数封王老师当年写给我的书信。那发黄的老式信笺，那依然俊朗的行书，再次让我触碰到了这位用心成就着事业和友人的艺术大师最平和的温度，最真挚的性情。遂附上其中一封与本文相关的信件原件（见下图）。

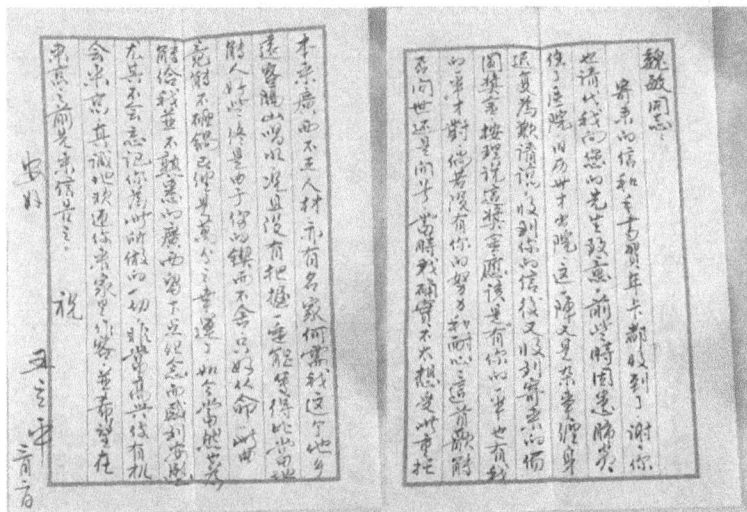

忘年交

认识彭老师是少年时代的事情了，那时我在音乐学院附中就读。一天，我的主课（专业）老师上完课后对我说，要安排我近期到省歌舞团的彭老师那里去上一段时期的课程。虽然之前早有耳闻，听说省歌舞团调来一位毕业于中央音乐学院的能人（此人与王国潼、刘德海、鲍惠乔等当代中国音乐大家是同班同学）。这在属于西南边陲地区的文化界可谓令人仰慕的"宠儿"。可这对于考音乐学院本来动机不太纯的我来说，我只在乎老师对我的态度。眼前的主课老师也因我是他20世纪70年代亲自挑选的第一个专业生，对我格外地关注和重视。

当我带着几分不情愿地来到彭老师住的那个筒子楼，找到他的家时，为我开门的是她的爱人——温老师（后来我跟这个像俄罗斯女人一样，胖得可爱、开朗能干的彭夫人也成了好朋友）。那堂课给我的感觉太不好了。一堂课下来他除了往死里损你，就是极为粗暴地矫正所谓的基本功。让你在他的"狂轰滥炸"中彻底没了自信。可没承想，这就是我跟彭老师最初的缘分。

基于这次对这位在同行里大名鼎鼎的人物没有什么好印象，以后不管他为当地带出了多少优秀学生，用他的才华打造了多少"严师出高徒"的典型范例，甚至为当地的民族音乐做出了多少相当卓著的成绩，我也只是敬而远之。后来听说他年介六旬，还辞职下了海，并且风生水起地在北京开起了影视公司。

2001年新年刚过，我忽然接到温老师（彭老师妻子）的电话，邀我在国贸见面，这时我才想起已有快半年没跟彭老师他们联系了。给他打过电话，关机，我也就没在意。因为他给我的感觉从来都是风风火火的，也时有一两个月毫无音讯的情况，不知什么时候他又会冒出来，见面后一通神侃，像这样由温老师打电话约我的情况还是头一遭。

与温老师的那次见面让我永远难忘。那天，我从中央电视台东门出来坐上地铁，就接到温老师两个电话，都是告诉我要注意是否有可疑人跟踪，如果有就要更改见面地点。这让我既感到刺激，又一头雾水。真不知道这俩老前辈在搞什么名堂？后来才知道，彭老师因被人陷害，先是神秘失踪，后又被关押到看守所。温老师跟我见面时，正顶着来自各方面的压力，奔走于法律与良知、谎言与真理之间，用尽了一个女人所有的智慧和勇气，为自己的丈夫洗清罪名、澄清事实。我至今还能清楚地记得那天跟温老师见面的情形。一贯衣着考究的她（温老师是上海人，并且是大家闺秀）穿了一身非常过时的夹袄，脚上是一双运动鞋，乍看上去俨然是个乡镇来的大嫂。我们一人要了一碗牛肉面（花了60多元），我一再抢着付钱温老师却没让我付。她还是简单地问了问我的近况，然后压低了嗓音，凑近我说："彭老师在除夕那天被抓了……"我带着困惑、焦虑，听完了温老师近5个小时的讲述，陪着眼前这位我尊敬且欣赏的女人揪心、落泪。那天，我们俩谁也不愿先离开，最终还是我目送她先上了地铁。返回的路变得特别漫长，我的脑子里一直像过电影似的闪回着我与彭老师的过往，以及温老师在分手时那坚强中掩饰不住的悲凉。

那也是我平生第一次感到被人信任、接受嘱托的责任感和使命感。因为温老师冒险约见我，仅仅是为了"把真相'托付'给一个信得过的人"。

时光飞逝，岁月更迭。人生却总在人们的不自觉中轮回。自从有人类，这个世界就开始不停地演绎着人性的厮杀、正义与邪恶的较量、权利的纷争、爱恨情仇的纠葛……

之所以想起写这段文字，是因为这两天在报上赫然刊登的一则消息。细看内容，跟我所知道的情况如出一辙，只不过这次是非终于得以还其本来面目，当年"作茧"缚他之人，此番没有摆脱作茧自缚的宿命。

人与人的"缘"真是既奇妙又平凡。奇妙在它总是藏在最不经意之处，平凡在它就在周而复始、日出日落之间。

温老师在把彭老师"捞"出来的一年多后因积劳成疾，于2007年病逝于北京。我和彭老师的忘年之交仍在继续。

语若轻鸿·缅怀

　　5月12日，上海音乐学院的朋友从微信上传来著名二胡大师闵惠芬辞世的消息。当即就在微信群里微喑："两根弦上叙春秋，一代宗师系二胡。幸曾相识得仰慕，今作怅然伤别离！走好……"

　　我曾于20世纪90年代因我的老师与闵惠芬先生的熟识而到过先生家做客。那时的她刚刚"与病魔大战一个回合，以胜利告终"（这是先生那天给我们描述病情的口吻）。从我学二胡的第一天，闵惠芬这个名字就如雷贯耳，我甚至毫无道理地以先生的姓氏与我名字的谐音而窃窃荣幸。随着专业的长进，《江河水》《新婚别》《长城随想》……先生那一曲曲如生命礼赞般的作品成为我们一路追随的脚步。没想到眼前的大师竟是那样的随和、豪爽，就像我们身边的朋友一样大大咧咧、随情随性。

　　那天，闵惠芬先生与老师促膝长谈就民乐的发展、二胡的传承与创新，特别谈到由她开创的二胡演奏的"声腔艺术"的推广与完善……先生那份对事业的笃定和执着、对二胡演奏技巧不懈追求和努力探索的境界，似光影般存留我心。

这些年我虽没有继续以二胡为业，甚至疏于触碰那弦上的功夫，但对二胡的关注、对先生的敬仰却流于每一个生活的场景、每一次先生的演出。时光荏苒、生命无常。在目送先生远去背影的日子，权且以这短文献上我对先生的缅怀！对二胡的缅怀吧！

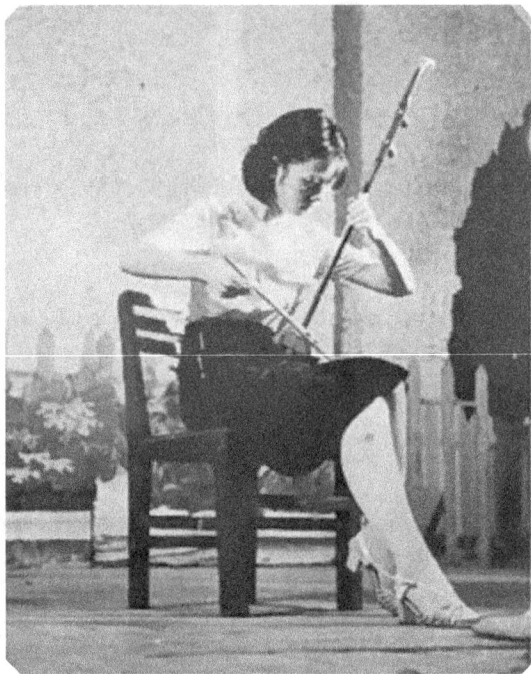

第四卷 心语杂说

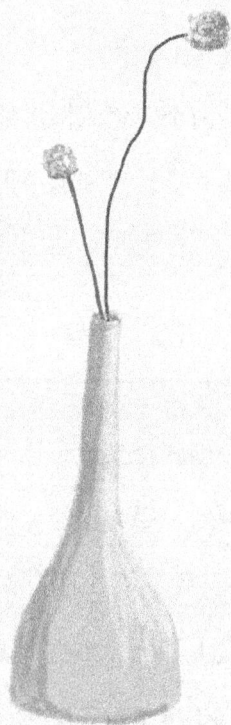

随性而言，随心而说。相
与君子，相望平水。

对话

——因为爱，关于爱

女儿：我们始终都在练习微笑，终于变成不敢哭的人。男人哭了，是因为他真的爱了，女人哭了，是因为她真的放弃了。

可能有时我们放下的已经不是感情而是某种习惯。

最近，一个好朋友常常和我抱怨：就怕两个人之间慢慢地变成了一种生活习惯，分不开了，戒不掉了，可转过头来，才发现两个人依然在现实中挣扎。

我想：如果没法忘记，就不要忘记好了，真正地忘，是不需要刻意努力的。也许是自然的，安全地把他置于心底了……

我们常常会这样——以为终有一天，会彻底将爱情忘记，将某个人忘记。可是，忽然有一天，却为了一首旧歌潸然，因为曾经与他一起听过。然后忍不住地想起当初，你喜欢我的时候，我不喜欢你；你爱上我的时候，我喜欢上你；你离开我的时候，我却爱上了你。是你走得太快，还是我跟不上你的脚步？我们错过了诺亚方舟，错过了泰坦尼克，错过了一切的惊险与不惊险，到最后，我们还是错过了彼此。之后的我们，只能和朋友说说，说说后悔，说说无悔。

一个朋友很好，两个朋友就多了一点，三个朋友也未免太多了。知音，能有一个已经很好，实在没有，还有自己。跟自己相处，认识和善待自己也挺好。

妈妈：跟自己相处也挺好的。其实在恋爱季节里总是期待有彼此纠结的风花雪月、有彼此编织的心如乱麻，有时甚至为了要感觉到对方的爱去伤害，直至看到对方受伤才肯罢休。否则，就不觉得"爱"。所以常常忽略别人以至一切美好，比如大自然和自己心灵里最宁静的状态。

此次进京我又联系上了我青年时期在云南结识的朋友——男性（跟你说过的），他是我此生都不会淡忘的人，但又是此生对我最"平淡"的人。

屈指我们相识近三十多年——有浪漫的邂逅、有梦幻般的海滨之旅、有郊外的促膝谈心，总之有过各种各样的"语若轻鸿、淡如萍水"般的相聚。在这次重逢以前我无数次地抱怨过他带给我的那种彼此牵挂的平淡。

可随着时间推移，当我发现他竟然是如此不费吹灰之力地始终占据着我的心，并且没有任何伤痛，也没有付出的纠结的时候，我明白了：女人这辈子要去经历各种感情，但只有懂得面对"平淡"的那一段才是最完美的。

其实，爱是不适宜以婚姻和家庭的方式来享受的。当然，婚姻、家庭必须要有爱做基础，仅此而已。如果硬要把爱再强加在婚姻生活里，那样的二人世界会充满纷争、碰撞，甚至丑陋。

之所以支持你的"与自己相处"，是因为知道你还没有"心怡人选"。与其患得患失地顾影自怜，不如做一个旁观者，用一份超然去期待真爱。更何况你其实心中不空——享受与"杨同学"的那种淡淡然的浓情也很能滋润心田啊，哈哈。别呵斥你小妈——退下……何时飞回？提前告之。

2007年4月于南京芳草园

家有女儿

好久没有到女儿MSN的"共享空间"去阅读她的"高谈阔论"了。不到十五岁就独自出国的她，经历着比同龄人更不易的人生。所以，作为母亲的我，常常保持着与她心灵上的沟通和互读。希望她能感受到有人理解与牵挂的温暖。

这几天单位工作忙，今天刚结束活动闲下来，就急忙打开电脑进入她的"共享空间"。点开"一麻袋的空气"（女儿空间名），女儿果然没让我失望，看来这个小女生在忙碌的经历中也没有停下她的思考——

×月×日

"曾经在某一瞬间，我以为自己长大了。但是有一天，我终于发现，长大的含义除了欲望，还有勇气、责任、坚强，以及某种必须的牺牲。

在感情面前我还是孩子。凡人有庸俗的快乐，智者有高贵的痛苦。

今天之所以区别于昨天，恰恰是因为昨天的感受依然在我们心中。在我们生命的每个角落，都会有一个被加工好了的故事，不管结局是福是祸，也不管它是美丽还是悲伤，岁月的洗礼总能给我们留下淡淡的回忆。这或许就是生命值得延续的魅力。

×月×日

我还是相信，"爱"不应该只是一种情感，而应该是一种能力；是一种改变自然规则的能力；是一种化干戈为玉帛的能力；是一种化腐朽为神奇的能力；是一种懂得给予的能力；是一种接受孤独的能力；是一种不自私的能力；是一种让人将一生一世变成永生永世的能力……

好个"能力说"。看来，女儿的脑袋瓜里装的已经超出了作为一个小女生的信息储存量。

我属于母性启蒙比较晚的那类女人。因为我的潜意识一直告诉自己——要做"榜样型"的母亲，而不是"保姆型"的母亲。所以在女儿成长的这十八年里，可能给她留下的更多是背影。我有一种很怪的感觉，总觉得女儿的眼睛时刻审视和督促我要把自己做到最好，因为这是她想看到的。于是我远走他乡，独自闯荡，甚至放弃优渥的生活待遇，甘心忍受"北漂"的艰辛，在京城打拼着，而且我觉得那也是属于女儿的一隅。因为在每一次回望女儿告别的目光中，我都发现了那渐渐的坚强和独立的沉默。同时，我也希望女儿在那个老、少、边的小城市里，能从人们羡慕、赞许的目光之中去感悟自己与众不同的人生。在我的观念里，这比我朝夕与共地为她遮风挡雨，含辛茹苦地给她衣食温饱重要得多。

可是，这两年我会常常触景生情地站在女儿的角度去体会她在单亲家庭里成长的那些孤独、寂寞、委屈和自怜。这种感受会在公共汽车上，偶尔看到一个默默地站在那些有家长呵护的孩子们中间的孤单身影；会在想象的课堂上，那个总是很容易走神地望着窗外的女孩的眼神中；会是商场的内衣专柜前，不经意地邂逅那个无助地徘徊、又不得不涨红了脸跟服务员交涉的姑娘……

去年，女儿毅然决然地远赴海外留学。于是，每当看到被食客们支配得忙碌不停的服务生，我就总会联想到女儿在异国他乡为了生存而做的一切努力。在一次次的换位感受中，我发现了自己母性的复苏。可此时的女儿已经是个个儿比我高、心比我大的人，独自踏上了自己选择的路。

"换位"在继续，只是这回是我面对女儿背影的时候了，在隐隐的心痛和与别人一样的担忧中，我开始思考"换位"对于所有的母亲和孩子意味着什么？

与我同龄的人孩子大概都是"80后"，他们敏感、脆弱、自恋、骄傲。别看他们外表不动声色、随遇而安的样子，内心却极端丰富和非常理想，这是我从我女儿身上总结出来的，可能失之偏颇，但她有一定的代表性。比如敏感，记得那次我因吃了几颗生的花生仁，结果女儿吃了母乳后她居然害了"肠套叠"，她那痛苦的样子把我们吓坏了；比如她听不得一点儿批评和指责，任何不以她为中心的环境，她都会用她特有的方式让大人在难堪中不欢而散。这种自恋的浮躁、对事物敏感的判断和目空一切的骄傲，常常会不经意地从她骨子里冒出来。

这并不是女儿独有的问题，而是"80后"的共性。敏感，使他们爱思考和善思考，脆弱的神经使他们更加懂得保护自己，躲避是非。自恋其实是自信的另一种解释，而骄傲更具有"独善其身"的尊严和"兼济天下"的雄心。问题就看我们这些做父母的想要什么？是要孩子成为自己理想的工具？还是要给他们属于自己的人生？如果是前者，父母会把所有精力投入到孩子身上，百般呵护，事必躬亲地做孩子的"奴隶"；如果是后者，父母则会以更关注自身的形式，来启发孩子的模仿力、引导孩子的认知力，做孩子的朋友。

孩子们被外面的世界所吸引，注定了他们会更早地开始质疑和重新审视他们父辈所坚持的某种模式。于是，反叛、悖逆、偏执，一度是"80后"与家长们摆开的"战场"。

回想我与女儿这十八年来的"换位"，我发现是女儿在独立成长中的每一个阶段成就了我这个母亲。童年时，她面对的几乎是每天都有不同的人到幼儿园接她回家；到了可以全托的时候，别的孩子总是用哭闹来抵御黑夜的恐惧，女儿却以"我是能干的孩子，所以不哭"来坚持；初上小学，当她刚刚开始适应寄宿在老师家的日子时，父母却瞒着她办理了离婚手续。虽然在那以后的好几年里，我们做到了成年人应该给孩子的"家"的完整，但敏感的女儿其实早已有所感觉，这是后来女儿在她出国前夜给我和她父亲的留言中祖露的。

从小学到初中，女儿开始慢慢地学着适应与她父亲生活的现实。父亲那无微不至的疼爱，一个人承担一切的任劳任怨，加速了女儿性情的早熟，也使她见证了男人、"为人夫"与"为人父"的截然不同。至今，父女俩的交流仍然延续着他们独特的方式。

说来惭愧，我是在一次与女儿的通话时突然发现女儿长大了。记得那是一个临近春节的长途电话，女儿是在来北京还是留在家里的选择上表现得特别痛苦，我非常不解地追问着原因，女儿却给了一个让我心痛以让我内疚的解释："妈妈，我现在很怕过周末和节假日，爸爸的孤单、姥姥姥爷的寂寞、奶奶爷爷的等待，每一份感受都能让我举步维艰，苦恼不已。经常会有两个'我'在斗争，一个是开心、贪玩的我；一个是背负着亲情债务的我。每当这种时候，我就希望自己能有分身术。"

天哪，只有十四岁的女儿不是还是孩子吗？可是一个孩子对待一个如此简单的选择怎么会有这样的顾虑？而这份顾虑，难道不正是我的责任所在吗？这次通话，让我忽然觉得女儿长大了，而且心大了，大得连母亲的责任都承担了下来。我知道自己不能再俯视孩子，必须正视甚至仰视孩子已经开始的人生思考。

这些年，与孩子做朋友的感觉真好，她的年轻、她的锐气、她的时尚、她的胆量，以至她的偏激，都全方位地调动着我的潜能。

其实作为父母，放下长者的架子跟孩子对话，你会得到很多被我们忽略的信息。同时，平等的对话才能达到正确的引导，因为只有在孩子不设防的时候，"教育"才是有效的。

我很享受与女儿一同成长的过程。所以，如果要我回答之前提出的"换位"对父母和孩子意味着什么？我想说："换位"意味着给生命一段独立、自由，有尊严、有体验、有坚持、有幻想的人生华章。

家谈闲议

本文是2014年我生日期间与父母的交流记录。如今，父亲已仙逝，我们姐妹和母亲依然在怀念中与父亲相守。每逢我生日，总不免忆及与父亲那一次次的推心置腹，对他的思念便更甚。

当我的又一个生日之际重提此话，一方面是感念父亲的养育之恩；另一方面也是想与正在经历三代同堂、四代同堂的长辈们唠一唠这个老生常谈的话题：又是一年的生日。

首先也要祝妈妈、爸爸平安健康！

想想，妈妈把我送到这个世界竟是52年啦！其实每当这个时候更多的已不是喜悦、欢乐这样乐观的情绪。

今天又听到爸爸在电话那边忧心忡忡地谈论着姐姐和他们那一家子。爸爸妈妈，这两年二老陪着我们和我们的家庭走过了太多曲折、跌宕，以至为我们的孩子付出了难以想象的精力。作为女儿，心存无限感激！当我自己也已走过半百，在很多情感、身心的感受上都与父辈们重叠的时候，我常常会在面对孩子们的经历时反思。借生日之机，说与二老一同探讨。

家庭，既是感情的后花园，也是语言的倾诉地。它需要的是彼此在无比懂得之后不断地理解、忍让。很多时候我们没有必要一定让自己去"原谅"，但要学会理解。毕竟原谅关乎修身，非境界难以达到。原者，原来、原本也；谅者，然也、释怀也；要让长辈去"原谅"晚辈的忤逆；让夫妻去"原谅"彼此的背叛；让父母去"原谅"儿女的不孝，在我看来都是不太可能，甚至是不近情理的。可是制造这份"痛"的恰恰都是亲人。就算时过境迁，每每想起那一幕幕，没有人能真正地从记忆中抹去，既然抹不去就更谈不上"原谅"。

然而血缘在此，亲情在此，缘分在此，情何以堪？于是，我试着去理解。理者，梳理、理顺；解自然是解开、放开，它更接近人性本身的能量，关乎修养、信仰。因为当我真正看清楚对方错误形成的原因和背景，我可以调动自己平时的情感积累，想到共同的经历，再加上一点儿设身处地的感受，理解也就达成。而这样的理解，自己的情致、心智、态度都会有一种质的飞跃。

小时候常常听大人们自我安慰地说"儿孙自有儿孙福"。可为什么我们真的成人了，父母又生出这么多的忧虑，甚至拒绝孩子们在争取自己幸福过程中经历的挫折、失败，非得把他们拽回到自己规划的所谓幸福的程序里呢？就像钟表，非让它逆时针去适应明明已经过去了的时间。爸爸妈妈你们想过没有，什么叫帮助？我一直觉得我们中国传统观念中的"帮助"，特别是对孩子，父母普遍是用"保护""包办"来诠释的。所以我们看到的是，孩子们成人以后依然是以父母之命建立起家庭关系。这种帮助和爱护，不但不能帮儿女们建立独立的人格、培养健康的自信，相反会导致人格的缺失和心理的扭曲。结果，就是一辈子的依附，无前而以往地走着一条倒退的人生路。爸爸妈妈，女儿真心希望步入晚年的你们，现在无论是对待两个女儿，还是两个外孙，都应以一种远观的心态、客观的状态，去搭建起真正属于你们自己安居、颐养的心灵之居。在儿孙的人生舞台前做一个忠实的观众，同时努力地让自己身心健康，处事从容地习以为常，让自己能更多、更长久地陪伴我们去经历人生的无限风光……

小女于2014年8月5日

电视剧《平淡生活》观后

看过海岩的《平淡生活》，曾被他笔下那些平常人经历的不平常事所感染和打动。原来，在我们的生活中，竟还有那么多令人肝肠寸断的人生经历和如此凄美的爱情故事。我真的很佩服海岩，在他的内心怎么就藏着这么多故事，而这些故事又是那么让人扼腕、肝颤。无论是我少女时代的《便衣警察》，还是后来这几年的《一场风花雪月的事》《永不瞑目》《玉观音》《拿什么拯救你我的爱人》等我没有看过但听说的那一段段凄美的爱情故事。

我们总以为自己是最不幸的，或者是最幸运的，可是当你看了海岩的那些故事，你会由衷地发现自己所经历的简直不值得一提。说真的，我不知道是海岩太真诚、博爱，还是这个社会太冷漠？总之他让我一次次感动得落泪，对自己的人生产生极度的怀疑。怀疑自己活得是否有价值，怀疑自己是否努力经历过世间的险恶、生命的苦难。

我不知道海岩为什么会用《平淡生活》来概括他故事里的人物。那个弱而真的女子——丁优，在她短暂的人生里，除了真诚、简单、勇敢地面对生活外，没有做错任何事情。可是，现实生活却告诉她她做错了！真是"理想很丰满，现实很骨感"的另一种呈现啊。

趣说名字

　　这世界说大也大、说小也小。方圆不到十里地，就有两个同名同姓的。一个身居广西电视台高楼之上的中控室，实实在在地"摆弄"着技术，每晚在电视节目结束的字幕里都能看到他；一个文字作者，不时地出没于报刊、电台，最近干脆也钻进了电视。这样一来，知道她的糊涂了我，知道我的糊涂了她。我们只好不停地解释。

　　一次在路上遇到一位老相识，劈头就问："你调到电视台了？我忙说："没有。"

　　对方又说："嗨，我知道是你，用不着跟我谦虚。"

　　嘿，这人………这种情况不止一次。

　　有意思的是：沸沸扬扬了半天，人的能耐没长，名气倒见长。其实，两个魏敏，居然是神交十几年才在最近得以谋面的。

　　两人性格各异，却也十分合得来。没想到她的"遭遇"比我还出格。

　　有个小伙子经常给她打电话，说他俩从小学到中学就一直是同窗，仰慕不已，非要约她见上一面，还要请她吃饭等等，任凭怎么解释，他只是一个劲儿地问："你是不是魏敏？"

她回答："是呵"。

电话那边又说："这就对了"。后来她只好去约定地点见见这位同学。结果当然是一场误会。

人们都说，名字不过是一个符号而已，我也认同这种说法。

说起来，我这名字极平常。听母亲说，生我的时候父亲随部队二度进藏，高原作战，母亲牵肠挂肚。临别时母亲怀我已经四五个月，他们商定，如生的是男孩，便取"捷"字，以示父亲平安告捷；如生女孩，就取个"敏"字，无非是希望我聪慧、灵敏。不管怎么说，父母的馈赠，总还是值得我骄傲和珍惜一辈子的。三十多年了，我不曾更改，也没有在我那些不香不臭的文章中心血来潮地署个什么笔名。既是符号，何必隐姓埋名？更不必徒劳地锦上添花。

是我深交的朋友和家人，都会叫我一声"小敏"。谁知那天说起此事，电视台工作的她竟乐滋滋地告诉我：她家人也常如此称呼她。看来，连小名也相同，真叫人哭笑不得。

记得在大学念书时也有类似的经历，那位与我同名同音的异性同学，常害得我人前人后地提防着那些喜欢恶作剧的男生。特别是上大课点名，总免不了异口同声，常闹出笑话，都成了课堂上的一景。前些时候在单位的资料架上随手拿出一本文艺杂志，翻开首页醒目的主编位置上也是"魏敏"，这下我乐了，因为同姓同名过了一把"官"瘾。想必那是位前辈吧。

　　那年，带着女儿去报考电视台办的一个少儿歌舞培训班，恰好电视台的魏敏也带着女儿去应试，我向身旁的先生介绍：她也叫魏敏。先生打趣地说："你俩见面只能点头示意，不能直呼其名，否则就要有冲撞之嫌了……"

1994年4月刊于《南宁晚报》

不会算账的老板

由于上海疫情，我和女儿回宁（南京）的日程一延再延。女儿虽然非常理解，但现实终于让她不得不带着孩子先搬回市里去住了。

那天，她说想用家里那辆自行车，方便到大院门口取个快递、外卖什么的。可是怎么也打不进去气，仔细检查才发现前轮的气门芯因为太久不用已经锈到断了，所以堵住了进气口。

我想起大院旁边有条小街，是老南宁人扎堆的那种，里面的居民几乎家家户户都开店，什么营生都有。记得有一家是专门修自行车的。于是，我推着自行车来到了那条既熟悉又有些陌生的街上。

这是一条夹在体委大院和江南路、福建路之间的老街，叫体育路，其实没有一点体育气息，只是因为它毗邻体育局，又和广西体育训练中心一墙之隔，所以得名。街上的居民，我指的是原住居民或者说是那些商铺的房主，少说也得是居住30年以上的南宁人。这些年江南路改成了星光大道，我们的院子后面修建了高架桥，沿江一带还修建了很美的堤岸，西江路已然是连接邕江大桥与滨江公园的一条风景线。即使被现代化的水泥、绿化所包围，也并不影响这条街上那些老南宁人依然故我的营生和状态。即便街上也难免有"80后""90后"的服装、饰品、美甲美容、糕点、饮料等这些年轻化的店面混迹其中，可整体的气息还是充满了年代感。比如，里面有一个很大的菜市场，还保留着肩挑人扛的菜农自由摆卖的模式，我很爱到这儿买菜，因为只有这里才能买到真正新鲜的南宁特色蔬菜，每每从那些菜农湿漉漉的竹编菜筐里拿出一把用稻草捆扎的西洋菜、贡菜、苦麻菜，就会一下就把我带回儿时的记忆。

　　我按照原来的记忆走到菜市场对面那个拐弯处，呃，怎么变成一家米粉店了？我一路打听，最后才在巷子的纵深处看见了那个门脸。"师傅，我要修单车。"我冲着黑麻麻的店内大声地喊。"修什么？"一个60多岁的女人从一堆油腻破旧的物件后回应似的反问。我说："我的气门芯好像是断在车胎里了。"这时，她才从里面走出来看了看，然后叫一旁在打游戏的小伙子帮我试试能否拔出来。说着，她又回到那个挂满钥匙的操作台前继续做她的事。那个小伙子大概是她儿子吧，他用钳子试了几下说："拔不出来啰，要换胎才行。"正忙着的老板娘听到后说："你等一下哦，我帮这个阿叔配好这把钥匙就帮你修。很快的，你找把凳子坐一下吧。"我看了看，很小的门脸儿由于业务繁杂，到处都是东西。就在我犹豫的这么一小会儿，陆续来了三四个人，有请她配钥匙的，有顺手操起地上的打气筒给自己的单车打气的，还有来拿寄存在店里的东西的。他们都会跟老板娘搭讪几句。对了，还有一个是来送前两天修理东西没有付的工钱的。看着他们来来往往、无比和谐的邻里关系，我竟生出几分羡慕来。这里没有讨价还价，也不用打广告招揽生意，只有迎来送往的托付，彼此信赖的诚意。和谐着彼此需要的和谐，诚信着彼此依靠的诚信。粗茶淡饭、粗服布衣，却拥有着一种满满的幸福感。

"大姐，修好了，你看看吧。"老板娘冲我说。

"啊，这么快，是你修的吗？"我这话问得唐突，可确实是我脱口而出的疑问。一是我一直在等的是以前见过的那个男的老师傅出来修；二是我也就是开了几分钟的小差，她不知道什么时候就完成了卸和装的工程。她看出了我的疑惑，告诉我：原来那个师傅是她老伴儿，已经过世了。现在这里的所有业务都是她一个人来做。我感慨她的能干和辛苦，她倒一脸轻松地回了句"习惯了"。

结账的时候，我问她一共多少钱，她头微微上扬嘴里念叨："换轮胎20块、一把锁9块，一共28块对吗？"她脱口而出的计算，让我目瞪口呆。看到我吃惊的样子，她立马面露愧色地笑着解释道："我不会算账，是不是不对？不好意思哦！"

生意人不会算账，这在南宁并不奇怪，尤其是生活在这种老街道上的普通小商小贩。因为他们都怀着一颗与人为善、助人为乐的自悦之心做生意。

他们的心态让我懂得，"生意"就是一件可以以自己的有施与别人的无，助人以需要、悦己以温饱的一件开心乐意的事。生者，生活、生存；意者，心意、乐意，或者意义。

小善小欢喜

　　《真心英雄》里那句"平凡的人们给我最多感动"的事儿你经历过吗？我常常会从生活中那些小失误或不经意中感受到周遭和彼此的善意带给我的小欢喜。这些天因为小区风控设备出了故障，恰巧家里浴室漏水也要修缮，所以我们带着小外孙住到了青奥村的宾馆。昨天，刚把小外孙送回他爸爸妈妈家，在返回市里的路上就接到女婿的电话，说他们的车钥匙落在我们的车上了，我们说好明天请同城快递送过去。

　　回到宾馆，看到络绎不绝的来往宾客中，夹杂着快递小哥匆忙的身影，联想到在这酷暑时节，他们仍像蜜蜂一样不分白天黑夜地为人们传递着所需，虽说他们是在尽着职业的本分，可我们在享受他们服务的同时是否也可以给他们多点善意或做点什么？

　　今年的夏天，全国人民都备受疫情和持续高温的困扰。与其让快递小哥们多一份烈日下的辛苦，不如我们多一分付出（夜间服务费用略高），让他们少受一点累。于是，我在美团跑腿下了单，同时通知女婿晚点睡，注意接听电话。

十分钟后电话响了，传来的是大堂门童的声音。原来，接我这单的竟是一个听力和语言有障碍的人，是他请门童给我打的电话。我赶忙收拾好东西又简单包装了一下送下楼去。走出电梯，我随着大堂出出进进的人流向门外边走边寻思，我怎么知道哪个是接我单的小哥呢？这时，只见一个穿着黑色T恤的小伙子冲我招手并迎面走来。我很纳闷，他是怎么能从人群里断定我就是那个下单的人呢？正思考时，他已来到了我跟前。我抬眼一看，一个白白净净、五官端正的高个子大男孩儿举着他的手机递到我眼前，并示意我确认订单上面写的是不是我要送货的地址。而我正有点儿发蒙地沉浸在自己对他的想象中：一个有点儿惨，有点儿疲惫，用手跟我打着哑语的人……没想到真正站在我面前的，竟是这么个小帅哥！我又惊又喜，又不知所措地使劲点头回应着他，然后满心感动和感激地目送他远去的背影。内心有一种说不明白的欢喜和安然。说来，花八十多块钱送一把车钥匙很多人会觉得没必要。可是如果在我们心里多了一份为别人着想的善意，那我们的付出就不只是纯粹金钱能换来的了。

　　回到房间，我迫不及待地给女儿他们打电话，叮嘱他们无论多晚都要注意接电话。女儿回复他们会带一瓶水下去给他。孩子们的反应，让我非常欣慰。是的，人与人之间都能多一份为对方着想的善意，社会，就多了一份夏日的清凉、冬日的暖阳。

2022年8月10日于南京双子楼

不经历风雨怎能见彩虹
——有感于中国女排奥运夺冠

　　女排赢啦！今天的微信朋友圈几乎全都是有关那几个充满正能量的中国女排姑娘的截图和视频。此时的我却另有一番感慨在内心涌动。现场记者在采访郎平时说："记得在预赛女排输掉了第一场时，您对我说，'第一场不输就好了'。"郎平沉吟了片刻，说："嗯，但所有困难、挫折都是比赛的一部分，是不可缺失的过程。恰恰是那一次失败，让姑娘们真正成长了……"这次夺冠让我们这些见证了中国女排五连冠的辉煌，又伴随她们经历了汉城、巴塞罗那跌入低谷和随后这二十多年的赛场沉浮，还依然忠实守候着女排的每一个人振奋、感动！

　　是的，人生，特别是年轻人，如果没有经历过失败和挫折，没有人让你受过委屈，没有放下过自尊去忍受歧视和不公，就不会有胸怀和力量。今天，我在女儿的微信朋友圈里对她第一时间发出对女排的点赞并给了她这样的回复："我要为女排点赞，更想为像你一样的"海漂"点赞。女排没有郎平，不会在短短的时间让这些年轻的姑娘真正把女排精神融入血液，传承下来。同样，没有蔡振华，就没有中国乒乓球队今天的刘国梁和他充满爱国情怀的队员。而这两位中国体坛老将，恰恰都曾经历过海外打拼、人生沉浮的历练。"

之所以给女儿这样的回应，是因为我这个母亲见证了女儿从一个在家中父母长辈面前任性、叛逆，在学校老师、同学面前孤僻、自卑的问题孩子，到十五岁出国的历练和成长。小小年纪在异国他乡学会了独自面对学业上的种种困难，生活中的艰辛困苦甚至是人身安全、生命危险。当然，更是因为有信仰，她才会在经历中受启迪、得喂养，并学会了爱和被爱，懂得了无私付出、理性取舍等这些在父母身边不可能得到的成长，以及在国内无法深刻懂得的民族自信与国家尊严，这对一个中国人来说是多么重要的事情。现在的女儿，是一个懂孝敬、有担当的好女儿。所以，每当我看到她含着眼泪专注地看每一场有中国队的比赛，每当我这个伪球迷有一搭没一搭地听着她给我讲述那一个个在赛场上坚持拼搏的世界名将的幕后故事、人生经历的时候，作为母亲的我，听到的不仅是孩子对竞技场上为了荣誉不断挑战自身极限的英雄情结的仰慕，更是对体育精神、对国家、民族尊严神圣不可动摇的敬畏与崇尚。对于当下动不动就埋怨父母、抱怨社会，对国家、对政治事不关己、无动于衷的年轻人来说，我要为像中国女排这样勇于拼搏、为国争光的运动健儿喝彩！更为那些像女儿一样愿意为国家荣誉付出一腔情怀，在五星红旗下流泪的孩子点赞！

悟·空

人到中年，环顾周围净是"过劳模"。其实在忙碌的工作、烦琐的家事的羁绊中，也应该给自己一个放空的时候。

空是一种无中生有的休息，它能使你在忘却中修复疲劳的身体，享受松弛的从容；空是一种有形的状态，它能让你更清醒地评估"来的足迹，去的目标"；空是一种绝缘的快乐，它能叫停一切世俗的困扰和烦恼；空更是人生觉悟的巅峰，它既是生命的归宿，也是活着的一种境界。

其实我们每个人在生活中都曾与空交融。有时是心，有时是身。比如：紧张过度、兴奋至极，都常常能体会到大脑的瞬间空白。这是心脏在超负荷下采取的"自我保护措施"。就像齿轮，偶尔咬空是为了下一次更好地弥合。身体也是一样，当我们在一段时间的全力以赴之后，或在竞技场上超越极限地创造奇迹的瞬间，同样感受过那种彻底"垮掉"的放松。这是生理机能为下一个冲刺而做的"自我调适"。如果人的寿命按平均七十岁来算，四五十岁正是我们的身心该不时调试和放空的时候。

生理机能尚且懂得提醒掌控它们的主人的大脑，对自身进行保护，作为主宰、受用以至依赖它们的有理性的人，怎可置若罔闻，望洋兴叹呢？

人活着是为什么？当然这是个仁者见仁、智者见智的问题。人活着是为了经历。经历，是要在付出中享受回报，而不是为了索取而去经历。前者重过程，后者重结果。这说起来只有几个字的结论，却在现实生活中演绎着千姿百态的人生。但不管出于什么态度经历的人生，只要是对社会有益都应该受到尊重，因为生命本身是值得珍惜的。

写在老同学聚会以前

人是往前走的，可人又往往是靠回忆作为往前走的动力。

一早收到中学同学发来的短信："7月23日，初中毕业30周年大聚会"。

现在，地球人都在"怀旧"。在日进斗金、物欲横流、信息大战、网络渗透等等这些非常浮躁，也非常具有诱惑力的现实中，不时从黄昏的空气、清晨的微风、摩肩接踵的缝隙、商业竞争的谈判桌前，飘来阵阵温馨而恬淡的怀旧情愫。大概它点中了大多数人的"穴"，于是竟也成了一种时尚。

我们这些20世纪60年代生人，属于真正"承上启下"的一代。在家里，我们有哥哥、姐姐的"前赴"；有弟弟、妹妹的"后继"，我们既不用考虑为父母分忧，也不会承受太多宠爱。中庸的环境，使我们喜欢察言观色，善于总结经验，这让我们有更多的精力去体味父辈的跌宕人生，实践无聊中的信马由缰。于是，我们的经历是自己给自己整事儿。我们更善于坐而论道，不轻易付出执着和努力，但我们有我们的追求，我们不媚俗、不从众，富贵贫寒都不能买断我们对自由的习惯。

我的初中，是一段与生活亲近、与大自然融合的快乐时光。它开心得无忧无虑，也茫然得有些空虚。3年学业里，我们几乎是在工厂、农村和介于两者之间的"分校"度过的。曾几何时，日出而作、日落而息是我们每天的功课，田间地头、车间厂房是我们的课堂，那些手上长茧、脚粘牛粪的工人、农民就是我们的老师。我们的作业，就是对一次次劳动的体验、对一身身汗水的回味。记忆里，那个害怕数理化的我，每当面对三伏天的农耕劳作和稻田里的蚂蟥，我还是宁愿吃眼前的苦，也不愿坐在教室里"受罪"。

孩子的想法总是那么实际而真实，其实，我那时的这种想法估计现在的孩子也会认同。毕竟，那些枯燥的公式和乏味的课文是孩子心中的"厌烦"。蓝天、白云、幻想才是他们的"最爱"，现在还得加上网络。

历史就是这样由一代一代人不同的成长经历写成的，社会也是在一茬一茬人的奋斗历程中向前推进的。而我们，也总是在一个一个打着时代烙印的足迹中走来的。

总有那么些有心人，他们不仅珍藏了记忆，而且还为像我这样的粗心人保留了那一张张老照片。当那发黄的岁月印象在电脑里逐行扫描、渐渐清晰，所有远去的时光瞬间切换到眼前。天哪，那是我吗！一脸纯粹的简单，千篇一律的朴素，合着那面对镜头泛傻的劲儿，活脱脱地记录了那个年代的状态。我突然悟出：人生角色的转换，原来就是把年轮碾过的风花雪月、苦辣酸甜、曲曲折折，揉捏、倒模，塑造成今天的我们。

懂得珍惜才有满足，懂得付出才有收获，懂得舍弃才有豁达，懂得鉴赏才有幸福。愿怀旧成为我们追忆纯真、见证成长的甘甜，愿相聚成为我们回顾以往、补充再次出发的能量。在此，祝我的同学们身体健康、吃嘛嘛儿香，生活幸福，远离孤独，种瓜得瓜，要啥有啥。

让文化自觉启迪文化自信

人的自信，源自对自身的了解，对个体基因里流淌的文化特质的认知。

某日，从电视节目《经典咏流传》的一位歌者身上，我找到了此文的切入点。

他叫齐·宝力高，一位70多岁的马头琴演奏家，是"活化石"般的蒙古族马头琴音乐代表性传承人。乍一出场，他一席蒙袍、满脸皱纹，站在来自台湾的年轻女歌手旁边，有些局促，有些相形见绌，当他拿起马头琴开始演奏，便立马活色生香、自带光环。在后来的对话中，当主持人提到这个细节时，他笑道"我为马头琴而生，为马头琴而死。马头琴一响，我就是整个世界。"这掷地有声的话语，跟他苍老憨厚的笑脸完全不相匹配，可这就是他骨子里的自觉，这就是他的文化自信。

艺术创作情同此理。初到省文联时，当听说把我安排在省舞蹈家协会，我的第一反应就是那个在20世纪六七十年代火遍大江南北的《丰收歌》，后来认识了它的创作者黄素嘉，一个以舞蹈艺术为生命，以讴歌火热的生活为己任的老艺术家，正因为她以独特的视角和长期深入生活的体验，才"唱"出了一曲既充满时代气息，又富有江南水乡极高辨识度的《丰收歌》。再后来认识了应志琪，她的《小城雨巷》更是把江南文化的风韵如诗如画地植入了人们的脑海，成为永远的经典。近年来，在江苏舞蹈莲花奖中，也涌现了一批批优秀作品，创作队伍也不断年轻化。其中尤以在第十二届中国舞蹈"荷花奖"中获奖的作品《雨花石的等待》为代表，它们无一例外地都是在立意上本土化、在创作上个性化、在舞台呈现上风格化做到了极致，获得了成功。

没有文化自觉，就无从谈文化自信。可见，文化自觉对于一切文艺创作，皆是"根"的源本，"果"的养分。

2022年5月为江苏省文联《繁荣》月刊撰稿

金陵四韵

问·秦

世界上有许许多多江河，每一条江河都像她们那蜿蜒、婀娜的身躯从过去流到今天，又从我们眼前向远处流去……她们承载着时间过往留下的痕迹；承载着被她养育着的一方水土、风土人情；还承载着生存在这里的每一个人的奋斗与梦想。但是我们又常常会忽视她们的存在，就像忽视多年交往的邻居，天天见面，却彼此陌生。我对秦淮河的认识就是这样的过程。

小时候从电影里就知道"十里秦淮，歌舞升平"。一直以来我都把她看作故事里虚构的地方。加上以往的文艺家们笔下的"秦淮"多以"脂粉文化""艺伎文化"为主旋律，就算有诸如李香君的美谈，也只是茶余饭后的一声由衷赞叹。文化的误导，使秦淮河无形丢失了在她身后的许多厚重、阳刚、严肃的话题，也冲淡了许多她对今天南京人在治学、理财方面所具备的智与谋的深刻影响。

　　2005年，我有幸在拍摄以"秦淮河"戏曲文化为线索的电视专题片中，对这条依偎着长江，又怀柔着六朝兴亡的十里秦淮做了一次细细寻访。

　　说起这条河来人们并不陌生，但是要问她的来历？以及因何而得名？别说外人，就连南京本地人也不一定能说得出来。

　　民间有这样的传说：秦始皇统一六国后建都咸阳。有一天，有个善观天象的太史官上奏，说是都城以外的金陵城有一股"天子气"如何如何神，还说那股"天子气"有与之抗衡的势头等等。嬴政听了心里非常不快。自称为始皇帝的他，哪里能容得下所谓其他的什么"天子"存在？更怕若干年后，真的会出现一个比他强的圣人，取他而代之。于是急忙自驾南巡，来到南京，便下令把象征龙脉的"天子气"截断。在南京城的中间开掘出一条人工河床，把南京城分成两半儿。然后还兴师动众地引淮河的水而灌之，言之为"以泄王气"。因为是秦始皇的手笔，又是引淮河的水入流，所以便得名"秦淮河"。

秦始皇当年绝不会想到，恰恰是这条所谓切断了龙脉的河，日后竟成就了南京"江南锦绣之邦，金陵风雅之薮"的地位，还一度成为中原政治、文化的中心。这一切却只源于区区只有十里的秦淮河。最关键的是，她还成就了一大批流芳百世的文人墨客；开风气之先的戏曲名家；同时她还见证了政治变迁、经济繁荣等关乎国泰民安的一次次动荡、一场场风云。当然，这所有看似波澜壮阔的精彩，却总因这一湾河水的轻拂而变得婉转、阴柔、妖媚、多情，成为百姓口中传讲的一段段传奇。

中国历史上的四大美女中，最温顺、可人的西施，就与秦淮河有过一段渊源。

相传在吴、越之争的战国时期，越王勾践的谋士范蠡，有一钟情女子名叫西施，为了让越国东山再起，范蠡忍痛割爱，把他钟情的西施作为贡品送给了夫差做王妃。西施理解范蠡的苦心，忍辱负重，到吴王身边当了"卧底"。直到越王卧薪尝胆、东山再起，灭了吴国，西施才回归。为了迎接失而复归的爱人，范蠡在现今的中华门、雨花路西侧的长干里筑起了一座城，名曰"越城"。它北临秦淮河，南倚雨花台，越城一竣工，范蠡便派人把西施接到了他身边。

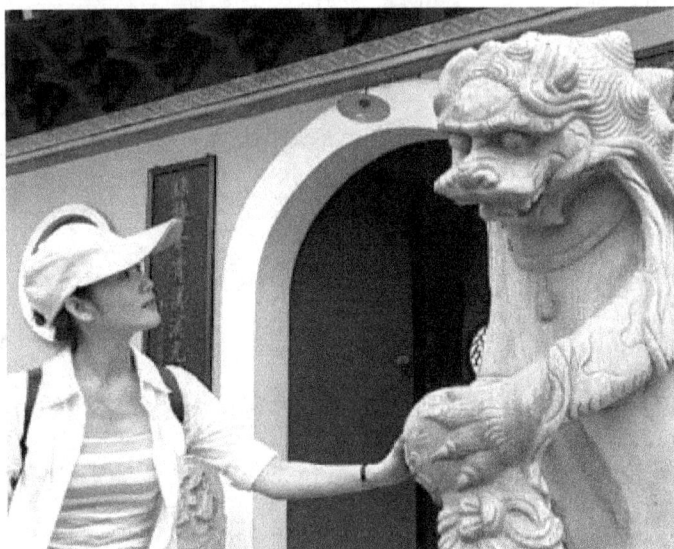

　　这时已是越国功臣的西施，带着些许安慰、些许伤感、些许对旧情的怀念回到范蠡身边。他们用一次次的秦淮泛舟互述衷肠；用一天天朝洗暮浴清澈的秦淮水，来冲刷彼此心中十年离别的惆怅，据说有一天范蠡看着在秦淮岸边梳妆的西施问："为什么不在家中打扮，而总是到这河中来梳妆？"

　　西施说："如果以铜为镜，只能使人平添忧愁，而以水为镜，才能在自然里看到真善美！"

访·秦

　　追溯秦淮文化的鼎盛，除六朝帝王在此建都之外，古代科考制的兴起也是一个重要原因。

我们摄制组来到位于夫子庙东头的"江南贡院"，见到了这里的院长。在他那娓娓道来的介绍中，我突然发现，其实我们脚下的这块地方，在明末清初，竟是一块登临仕途极地的风水宝地。可以说，是今天进入中南海的"阶梯"；是成为"博士""院士"的门槛儿，这里的学子每年都是北大、清华目光的焦点。

自明代开国在夫子庙设立贡院后，一年一度的全国会考，便在周而复始中形成了秦淮两岸非常独特的人文景观。天南地北的莘莘学子向这里汇聚，他们中也有学腹五车、才高八斗的名人雅士，抱着以文会友的心态前来观战。当时朝廷对前来应试的学子有一个特殊的政策，这就是：凡有资格进京的考生，都会收到由朝廷发放的一张路条。不要小看了这张路条，有了它一路便可畅通无阻，因为古时的交通不像现在那么方便，从此地到彼地往往需要以"月"为单位来计算。而交通工具也只有马和船。一路的关卡，以及各种盘查自然是很麻烦的事情，所以朝廷的这一政策是非常明智的。于是，各路商家便不惜代价地为那些赶考的人一路保驾护航，他们一方面可免掉一路的税银；另一方面还可以带进大量商品牟取暴利；这样一来，就形成了秦淮河两岸商贾云集、货源丰富，且价廉物美、车水马龙的热闹景象。

物质的丰富，自然带来文化的繁荣。明末年间，北方连年动荡，南京却相对安定。此时的秦淮河，也开始了她最为兴隆的时期。据余怀《板桥杂记》记载："金陵为帝王建都之地，公侯戚畹，甲第连云，宗室王孙，翩翩裘马，以及乌衣子弟，湖海宾游，靡不挟弹吹箫……""每当夜凉人定……名士倾城……此吹洞箫，彼度妙曲，万籁皆寂，游鱼出听。"在《秦淮灯船鼓吹歌》中又记："一声著人如梦中，双槌再下耳作聋，三下、四下管弦沸，灯船鼓声天上至……梨园搬演，声彻九霄。"

1689年秋，一叶轻舟载着一位中年文士，从扬州渡长江，到龙江关驶入外秦淮，停泊在水西门。此人便是《桃花扇》的作者孔尚任，山东曲阜人。

为什么这位看似与秦淮河毫不相干的山东人，会在此时踏上了秦淮河？他的出现，会给这里带来什么？而秦淮河又会给他的人生带来什么呢？

孔尚任，字季重，号东塘。家学渊博，性情中人。康熙二十四年（公元1685年）康熙帝至曲阜祭孔之时，他因御前讲经受到赞赏，特旨额外叙用，被任命为国子监博士。1689年，江南大水，他随工部侍郎到淮阳所属下河一带，参加疏浚淮河的工程。在此期间，他广泛接触了社会现实，了解民生苦难，对吏治的腐败体会日渐加深。小时候听到的有关秦淮名妓血染桃花扇的故事，再次激起了他创作《桃花扇》的欲望。于是，他便借着治淮的机会，多次到秦淮河走访和考察。在这儿，他巧遇了著名戏剧家余怀之子余宾硕，二人一见如故，并结伴而行。他们多次来到媚香楼凭栏远眺，感叹着昔日主人的铮铮气节和对爱情的执着。

在随后的3年里、孔尚任的足迹遍布秦淮两岸：泊水西门、寓朝天宫道院、移樽秦淮舟中、登北极阁、访明孝陵、观栖霞秋色、赏冬日蜡梅……所到之处无不令他诗兴大发，写下了一首首名词佳句。

其实，在秦淮河上留下佳句名篇的又何止孔尚任？顺手捻来就有杜牧的"清明时节雨纷纷，路上行人欲断魂。借问酒家何处有？牧童遥指杏花村。""烟笼寒水月笼沙，夜泊秦淮近酒家。商女不知亡国恨，隔江犹唱后庭花。"还有南唐后主李煜写下的绝命词"春花秋月何时了，往事知多少。小楼昨夜又东风，故国不堪回首月明中。雕栏玉砌依然在，只是朱颜改。问君能有几多愁，恰似一江春水向东流。"更有宋代女词人李清照的"花自飘零水自流。一种相思，两处闲愁。此情无处可消除，才下眉头，却上心头。"以及那首充满爱国情操的"生当为人杰，死亦为鬼雄。至今思项羽，不肯过江东"……曾有一位诗人这样写道："十里秦淮是从唐诗宋词里流淌出来的"。这是对秦淮河最形象的赞美，也是最准确的描绘。

1699年，也就是孔尚任离别秦淮10年后，《桃花扇》终于脱稿。

《桃花扇》是一部反映南明王朝兴亡的历史画卷。作者以江南复社名士侯方域和秦淮名妓李香君这一对年轻情侣悲欢离合的爱情故事为主线，描写了明朝末年，奸臣当道，昏君误国，致使异族入侵、国破家亡的一段历史。

晚明时期，文人、士子，大多都与教坊妓女、青楼歌伎结交甚密。他们一方面是代表开明的政治势力；另一方面代表了遭受蹂躏的弱势群体和权奸的对立面。况且歌伎们虽身世不幸，但不少人是有才有识、敢憎敢爱的不凡女子。共同的志趣与爱好，使他们很容易产生共鸣，甚至结为秦晋之好。"慧福几生修得到，家家夫婿是东林"。讲的就是当时在名妓与清流中，普遍存在的感情基础与客观现实。

说到这儿，人们自然会联想到"秦淮八艳"的种种传说。是的，作为这条河上最吸引眼球的人文景观，昔日那些因命运的捉弄而漂流、沉浮于风月场上的女子们，的确用她们的才华、智慧、美貌，为我们演绎了一段段荡气回肠的戏剧人生。而当我们驻足，细品她们的婉转歌喉、动听弦箫的时候，还发现她们的一招一式、一歌一曲，都融入了对戏曲艺术的启蒙与感悟。据考证，"秦淮八艳"都以琴棋书画擅长，其中董小宛的昆曲演唱尤为突出；顾眉生的南曲被誉为秦淮"南曲第一人"；陈圆圆，也是以她珠圆玉润的昆曲唱腔，让吴三贵拜倒在她的石榴裙下……

由此看来，这些命运不羁的女人们，在戏曲的形成与发展过程中，也算是最初的实践者和探索者了。孔尚任的《桃花扇》，则是更理性、更规范地运用戏曲的手段，为人们展现了一个"烟雨秦淮中，风雨飘摇时"的时代悲剧。

"成也萧禾败也萧禾"，一部《桃花扇》成就了一个戏剧大家，但也毁掉了一个人的政治生命。孔尚任在《桃花扇》问世不久，即被康熙皇帝撤职罢免。两年后他怀着依恋和激愤的心情离京回乡，从此隐居于曲阜故里。不过孔尚任一生因为《桃花扇》，而对秦淮河产生了挚爱之情，一直有重游秦淮的愿望。这一愿望直到他67岁这年才得以实现。面对物是人非的情景，他站在乌衣巷前万般感慨地叹道："院静榍寒睡起迟，秣陵人老香花时。城连晓雨枯陵树，江带春潮坏殿基。伤往事，写新词，客愁乡梦乱如丝。不知烟水村西舍，燕子今年宿傍谁？"

孔尚任为什么会站在乌衣巷前发此感慨呢？

古时候，燕子是仕途升迁的吉祥之物。乌衣巷里就曾有王谢家族建造的来燕堂。作为空有一腔忧国忧民之志的士大夫，孔尚任一生都在期待着那能给他仕途带来好运的"燕子"。然而，个人的命运终归被国家、民族的命运所淹没，最后他在失意与困苦中死去，享年71岁。

他所创作的《桃花扇》，则以其深沉的格调、哀艳的曲词、强大的艺术魅力征服了当时的观众，至今仍然保持着蓬勃的生命力。

寻·秦

明末清初，自号笠翁的戏剧理论家李渔也游历到了南京，在秦淮河畔寄居下来。李渔平生喜欢漫游，不惧奔波，但在秦淮河一住就是二十多年。因为宅地狭小，故取名"芥子园"。期间，在当时众多的家庭戏班中，唯李渔的"家班"最受欢迎。这一点，从清初著名戏曲家尤侗的《李笠翁招饮观家姬新剧》中就有详细的描述："百花巷 乍小队 花神来降 看面似芙蓉眉似柳 点素额 檐梅初放 莲袜榴裙花下舞 桃叶渡 采菱新唱 湘帘卷 兰香

暗渡 ……， 听赵瑟秦筝吴苑曲 妒杀粉君脂相 自笑周郎愁渺渺 好央及 灯花剔亮 怕飞逐彩云 牢鸳凰 重绡帐。"这都说明李渔的"家班"无论从演技、唱功、扮相以至于南北不同曲风的演出都颇见功力、训练有素，而李渔对戏曲艺术的良苦用心也可见一斑。

李渔一生都倾注在戏曲创作和研究上，在秦淮河的20年恰恰是他戏曲活动的黄金时代。他所著的《笠翁十种曲》曾盛演于世，有"十曲初出，纸贵东南"之说，并成为一个文化潮流。

我们带着十分的兴奋和好奇，准备寻访这位戏剧大师的故居——那个听起来就给人联想的芥子园。我们没有请当地的向导，而是先按照资料上的记载，找到了位于秦淮河东南角的"老虎头"这个地方，据说当时这一带也叫"周处读书台"。可是我们一路问来，竟没有一个人知道曾经存在的"芥子园"。我们只好还是以找"周处读书台"为目的，在一个破旧不堪的小巷口，终于问到一位热心人并给我们引路。我们跟着他越走越茫然，越走越诧异。因为眼前的景象除了像我们概念中的"贫民窟"，怎么也没有想象中"私家园林"的一丝痕迹。一间紧挨着一间的简陋砖房，深一脚浅一脚的破砖拼成的路，头上那些横七竖八的电线和晾晒衣物的"旗杆儿"……怎么也想象不出当年它的模样。一代戏曲宗师的故居，就这样被世俗的烟火挤兑得如此狼狈不堪。真让人感到有些沮丧。我想：李渔先生九泉之下大概也会愤愤不平吧。

当我站在经历了上千年的风雨，却依然坚固、挺立的明城墙上的时候，随我们一同登上城墙的南京师范大学明史专家、教授的介绍，却发人深思。明城墙，是南京的标志，也是骄傲。可很少有人知道当年建造它的工程是怎样的严谨和精细。吴教授指着那一块块经历了600多年风雨侵蚀却依然平整坚实的明砖告诉我们，当年组织建造城墙的明朝官员，为了保证质量，要求每一块砖都责任到人。所以，每一块砖的上面，都要求刻上当地知县、监制和工匠的名字，如有残次品，便马上可以找到根源予以处置。

古人用他们对一砖一瓦的承诺，为我们构筑了中华民族灿烂的文明与文化，才有了我们今天引以为豪的这一座座历史的"丰碑"。

走在这有着"文化古都"美誉的城市里，我多么希望还能找到当年与大师们有关的一切。但是非常遗憾，那些曾经上演过无数悲喜剧的旧址、那些曾经为戏曲人生遮风挡雨的秦砖汉瓦，已经被一栋栋高楼、一条条充

满商业气息的街道所替代。是的，人们总有一千一万个理由去毁坏过去。但为什么我们对我们的后代，又总是以过去来炫耀呢？

思·秦

初春的南京，乍暖还寒。我们应邀来到位于城南的甘家大院，也叫南捕厅。这是秦淮河畔迄今仅存的最大的一幢私人民宅，俗称"九十九间半"。

车在一个极普通的小巷子前停了下来，据说因为这座"甘家大院"的存在，这条小巷也备受保护，车辆一般都禁止通行。还好，走了大约50米就到了。

从外观上看，怎么也觉不出它的不凡，然而，一踏进那道门槛儿，书香之气和深宅大院的庄重大气，一下子就深深吸引了我们。

"甘家大院"，顾名思义是甘氏所有，它的主人叫甘贡三，建造者为甘贡三先生的爷爷甘熙，南京人，名流、官宦之家。甘贡三先生自幼爱好戏剧、音乐，尤以昆曲见长。一生都在致力于传播和推广昆曲事业。特别是晚年，在抗战胜利，举家迁回南京后，曾先后任江宁师范学校昆曲教师，受聘为国民政府中央文化事业计划委员会委员。

据甘家第五代传人汪小丹女士介绍，当年由于甘贡三先生的开明和较高的人气，不仅是京、昆的戏迷票友，就连不少地方戏的名角儿都被他的艺术见解和对戏曲的大胆革新吸引到了南京。曾几何时，凡戏剧界的盛事、名人，只要是到南京来，无不登门拜访，或小住数日，或品茗切磋。渐渐地，这所集江南园林之精雕细刻，融徽派建筑以古朴厚重的"甘家大院"，成为了戏剧家的乐园。

后来享誉全国的黄梅戏著名演员——严凤英，与甘家的那段情缘最受人们关注。站在严凤英与甘律之曾经生活过的那间温情小屋的院儿里，汪小丹女士给我们讲述了那段故事。

1948年，社会动荡不安，艺人的生活濒临绝境。不满20岁的严凤英不堪恶势力的欺凌，辗转流落到南京。起初，因生计所迫，易名严黛峰在歌舞厅伴舞。1950年，严凤英经人介绍，认识了甘家次子甘律之。介绍人私下向严凤英详细叙述了甘律之的为人、家庭，以及爱人陈秀珍刚刚去世等情况，劝她和甘律之好好相处，尽快结束流浪的生活。就在共同参加"友艺集"的活动中，严凤英与甘律之建立了深厚的感情并定下了白首之盟。甘贡三先生见儿媳新丧，又见凤英与儿子律之兴趣相投，且言行举止谦恭有礼，就让凤英在甘家大院居住下来。

一天，甘老先生听严凤英也在哼唱昆曲，就吹起笛子让她试唱。没想到一出《游园惊梦》，从唱腔到身段，竟被她这个不起眼的旁观者"偷"学得八九不离十，乐得甘老先生捋着长须哈哈大笑，连呼："好！好！好！"从此以后，她也加入了甘家弟子学习京、昆曲的行列。这一段时间对京、昆艺术的刻苦钻研，为她后来在黄梅戏里的精湛演技奠定了良好的基础。

严凤英在甘家居住其间，跟甘家上上下下都相处得非常融洽。汪小丹还清晰地记得，当年还是小孩子的她，经常在这个活泼、漂亮的"小舅妈"的院里玩耍，看她吊嗓子，听她讲戏里的故事等等。

1954年，当时已经回到安徽发展的严凤英，顶住各方干扰，毅然来宁和甘律之举行了婚礼。甘律之再次给予严凤英在事业上的极大帮助。这时她正在排演黄梅戏《天仙配》，准备参加华东戏曲会演。黄梅戏《天仙配》在华东地区会演大获成功，严凤英也获得了演员一等奖。这部戏很快被搬上了银幕，严凤英的名字开始家喻户晓。

今天，每当游人来到甘家大院，仍然情不自禁地总要步入这温馨的院落和简朴的房间，缅怀这位艺术家，感叹这段戏曲的情缘。

离开"听曲园"，我试图走出嘈杂，取一处幽静，细细观赏这庭院深深的悠远与怀旧思绪。但那越墙而来的萧声曲韵，像一个翩翩相随的精灵，不管你到哪儿，她都十分殷勤地游走在你身边。这倒更容易让人感受到甘家往日那梨园搬演"新生社"，京、昆曲"友艺集"的蔚然风气和兴旺景象。

走出甘家大院，身后那抑扬有致、顿挫柔美的曲声久久地挥之不去。细细品来，竟发觉一种博大精深的文学内涵和与历史风云息息相通的文化底蕴在胸中涌动……

注：此文是本人为中央电视台戏曲频道专题节目《水袖长歌灯影秦淮》的解说撰文。

难忘故乡情

这是一个多情而温柔的水乡，更是一个承载了黄海文化和里下河文明的千年古城。假如不是因为祖父的遗愿，我与它的亲近也许还会再推迟十几年甚至更久，毕竟故乡对我们这个年龄来说，还不曾是那一份厚重的回忆和悄然爬上额角的缕缕银丝。自从祖父去世后，祖母的时常叮咛总是让我感到一种责任与孝道，于是，我只好放下手中的忙碌，打点一份轻松与闲情，踏上了寻访故乡的路途。

东台，我回来了！

很小，就听祖父描述他的故乡：那悠悠的串场河，那巍巍的海春轩古塔，那范公堤和那见证着大堤变迁的百年银杏，讲述着一座城市曾经的辉煌；那座身在城中，却包容鸿儒之志、世间道理的泰山寺，也总是默默地袒露着一颗博大的爱心。

是的，其实不管我承认不承认，那一个个烙在祖父脑海中的旧址、故地，也早已随着老人喋喋不休的叙述和他渊博的学识、慈善的人格魅力，一同融进了我生命的年轮。

我的祖父叫戈宝权，是著名的外国文学翻译家，我们那个时候小学课本里高尔基的《海燕》、普希金的《渔夫和金鱼的故事》以及许多优秀的俄罗斯作品都是通过祖父的翻译引进到中国来的。祖父还是中华人民共和国第一代外交家和中华人民共和国成立以后被任命派往国外的第一位外交官。可惜，这位可亲可敬、慈爱开朗的老人已于2000年5月15日离开了我们！祖母说，祖父临终前最大的遗憾是没能再回故乡去看一看。虽然，我并不完全理解人老了为什么总有那么重的思乡情；虽然，我很难明白故乡在祖父的心中究竟有多重的分量，可毕竟是血浓于水，我很早就开始在梦里梦见东台，并且也常有向往那片土地的冲动……

　　如今，我带着好奇、想象和对童年那些故事的美好记忆，走进了南依长江、北襟淮河、东临黄海、西靠大运河的苏北大地，仿佛一下触摸到了祖父的脉搏，冥冥之中他老人家就在我的身边，用他那熟悉的口音回忆着这里的一切：

　　每个人对于他出生的那块土地都有深厚的感情，更不用说他离开家乡后对它的思念之情！我出生在东台市的台城，从小吃城河里的水、西乡的粮和东乡的盐长大的，因此，常想起家乡对我的哺育之恩；常跑到南门口去看望远航的帆船，我的心就随着它们的风帆飞向远方。1928年我于张謇先生在东台创办的母里师范学校毕业之后，就到上海去读书。1935年作为《大公报》的记者前往苏联时，曾回过一次故乡，从此经过了将近四十年之久，直到20世纪70年代和80年代，才有机会重回故乡。每当进入东台县境时，沿着范公堤和串场河北上，经过富安、梁垛、安丰、三灶那些从小就熟悉的地名，及至进入台城后，串街巷看到那些熟悉的地点，走进我出生的在玉带桥巷的那所房子，到处听到的都是一口乡音，无一不勾起我对往事的回忆。

1000年前，当时在这里为官的范仲淹为防水患筑起了一道延绵数公里的防洪堤，人们称它："范公堤"。于是，莽莽堤坝把这里分隔成两片不同的土地。堤西年迈、堤东年轻，800年来，海水调拌着黄河长江泻出的泥浆沙石，不断地在这里淤积汇聚，于是这里出现了大自然的鬼斧神工，每天这片地都会向着大海延伸，向着太阳不断地靠拢。这在寸土寸金的发达地区，实在是件令人羡慕不已的事情。

寻着祖父的思绪，我漫步在凹凸灰墙之间，一路印满岁月苔痕的青石砖，把我领进悠长的小巷深处。细数嵌在石缝里隐约成行的故事，踱步走完窄窄的百米旧梦，小巷中那一幢幢百年宅院、鳞状黛瓦、条石廊檐，仿佛还在做着20世纪凝重的回想。我不禁在内心追溯着这凝固的风景究竟距今有多么深厚的渊源。

——爷爷，东台这个地方是什么时候有的呢？

这啊，在历史上可以追溯到唐宋时期，我小的时候每逢春秋佳节，都要步行到海口西溪镇作"远足"旅行，那里有现在已重新修建了的唐尉迟敬德所建的海春轩古塔。这原是一座镇海塔，过去我们一向把它称为唐峰塔。到了宋代，范仲淹在这里又修建了为民造福的防海潮的范公堤，在这以前东台还是一片大海和滩涂，后来又成为煮盐有关的盐场。因此现在打开东台的地图，还可以看到那些过去与产盐有关的地名，如三灶、四灶、六灶、沈灶等等。在历史上这里是主要的产盐区，现在已成为粮棉丰产的地区，不仅在江苏省，就是在全国也很有名。

这个地方还出过不少的名人学者，如北宋的晏殊，就曾在西溪做过盐官，他的那首著名的《浣溪沙·春恨》你还记得吗？

当然记得，是不是："一曲新词酒一杯，去年天气旧亭台，夕阳西下几时回？无可奈何花落去，似曾相识燕归来，小园香径独徘徊。"

嗯，不错。

晏殊离任后吕夷简继任西溪盐官，当时，西溪酷爱种植天下名花牡丹，吕夷简见此地也精心种植了一株，每到春季花开数百朵，在西溪百姓中称为盛世，吕夷简有《咏牡丹》诗一首："异香浓艳压群葩，何事栽培近海涯。开向东风应有恨，凭谁移入王侯家？"仁宗皇帝继位初刘太后临朝，吕夷简得以重用并连任同平章事10余年，于是当宋代大儒范仲淹接任这里的盐官才有了"谁道西溪小，西溪出大才，参知两丞相，皆向此间来"的感叹。

——爷爷，宰相是多大的官儿？

宰相相当于现在的国家总理，也就是说在宋朝，就有3个总理经从这里走出，你看，很不简单吧。

到了明代，又出了一个从盐民阶层自学成才的王艮，他创立的贫民学说，为中国思想史翻开了新的一页。到了民国时期，东台出现了进步的新闻记者戈公振，他著有《中国报学史》等书，开创了新闻学的研究和教育。他一生主张抗日救国，直到生命垂危时，他还说："我是中国人！"至于中华人民共和国成立前后涌现出的名人，更是不胜枚举。大革命的前后，就出现了早期马克思主义的革命家，抗日战争时期，又是新四军的重要根据地，陈毅元帅和粟裕将军在著名的"黄桥战役"后进入东台，在这里建立抗日民主政府，对日军发动的一次次疯狂扫荡进行了有力的抗击。同时，面临国民党顽固派"安外必先攘内"的复杂斗争局面，陈毅元帅和粟裕将军广泛发动群众、依靠群众，不断壮大新四军队伍，为国共两党团结抗日，谱写了难忘的《东进序曲》。

回眸历史，这座看似普通且毫不张扬的小城，竟默默地用它历经沧桑的海文化、经年累代的盐文化、富庶美丽的水文化、千年大计的堤文化，以及继往开来的红色文化，构筑着凝重、祥和的精神家园和与时代同步的繁荣昌盛。难怪祖父对故乡总是那么自豪地常挂在嘴边。在他的记忆里，故乡的轮廓越老越深刻、越老越清晰。

我就这样被祖父的记忆引领着、陪伴着，用脚步轻轻叩击着每一块在光阴中沉默的石砖……

冥冥中，我来到那座记载了祖父童年岁月的院落，掸掸沾染的尘土，推开斑驳纵横的木门，古老的院落用它的平缓静谧把我拥进怀中。也许是从小跟随父母远离故土的缘故，此刻映入眼帘的一切，倒更让我有一种陌生的新鲜感。环顾四周，挑檐斗拱，争奇斗艳，那毫不理会现代文明的雕花青瓦，用一种有距离的亲和回报了我对它的注视；那依次排开的杉木门面，则用它精致的工艺、婉约的花纹，向我讲述着它的主人与它曾经的朝夕相处和这个家庭的沧桑故事。老宅虽因年久失修呈现着破败与苍凉，但不知为什么它依然让我感到一种生命的厚重与灵性。

知道我的到来，邻家的老奶奶热情地把我让进她的家中。这也是一座百年老宅。攀谈中老人告诉我她已经是四代同堂了，守着祖屋住了一辈子。面对老人的满头白发和那炯炯有神的目光，特别是脸上那一道道充满阳光的皱纹，我在想：究竟是她使老宅有了生命，还是老宅使她充满活力？不然这冰冷的院墙怎么会有勃勃生机，这沉默的廊檐怎么会让岁月如歌！大概这就是文化，一种现代文明无法替代的东西。

走出老街，踏上那一座座接壤于房前屋后的小桥，疏密有致、参差相聚的块块青砖，镶砌出古镇独特的风景，让人总是想俯身细数它的每一块印迹、每一寸光阴。这些充满了地域文化的建筑，与我看惯了的高楼大厦相比，似乎显得有些苍白、索然。我突然有一种感慨：人总是期待着生命的年轻，而一座城市，我想应该珍惜的正是这份永远的沧桑。

第二天，热心的家乡人听说我对传说中的董永与七仙女的故事特别感兴趣，便为我安排了水乡特殊的交通工具——船，准备让我在这种别有情趣的旅行中去寻访那段美丽的传奇故事。

记得上小学时候那部以黄梅戏拍成的电影《天仙配》经常是人们茶余饭后谈论的话题，那时文化生活还不十分丰富，仅有的几部好电影总会被人们无数次地翻看。《天仙配》里那些经典唱段几乎家喻户晓，人人都能哼上几句，而此时的我总会在伙伴们那惊奇和羡慕的眼光中，把从祖父那里听来的故事，得意地告诉别人，因为《天仙配》的故事就发生在我爷爷的家乡东台。

一讲到西溪，我们就联想到与神话故事《天仙配》有关的美丽传说发生的地点。董永与七仙女的传说广泛流传于江苏、安徽、湖北一带，但又以东台城的西溪镇为最盛，这里的老槐树、土地庙、缫丝井、辞郎、董永墓，从小就深深地刻印在我的记忆里。

我沿着爷爷故事里的线索，寻着人物的踪迹进入了西溪。摇橹的船公是个土生土长的东台人，一路上听着他如数家珍的介绍，又大大地丰富了我在爷爷那里没有满足的好奇。

据《泰州府志》记载：董永是西汉西溪人，家贫，父亲亡故后无钱埋葬，只得卖身葬父。而传说玉帝之女七仙女因感天宫孤独寂寞而思慕人间生活，一日随六位姐姐下凡游玩，见董永卖身葬父甚为同情，与他结成夫妻，在西溪傅家垛寒窑定居。七姑娘将藏在怀中的蚕籽孵化，又在房前屋后栽种桑叶，植桑饲蚕，织锦还债。三年后，董永和七仙女的故事在十里八乡广为推开。后来玉皇大帝得知其女私嫁长工，便强行将七仙女带回。人们为纪念这位勤劳、善良的七姑娘，将她誉为"仙女"。他们的故事在民间不断传颂，最终演变成了今天我们熟悉的这段爱情故事，给这方水土注入了一段鲜活的农桑史和"蚕茧之都"的美誉。

由于严凤英塑造的"七仙女"深入人心、家喻户晓，后经多方考证，得出了东台的西溪确系董永与七仙女传说的发祥地。为此，2002年10月26日，国家邮政局把"董永与七仙女"特种邮票首发式放在了东台举行，这无疑为东台悠久的文化史又重重地添上了一笔。

夜幕降临，我走进了另一番天地。老街的灯火通明，新城的繁华热闹，虽不比曼哈顿的"唐人街"，可那份纯粹的乡情乡音和独有的古朴淳厚，同样能使我忘却这是置身于一个苏北的小城。

故乡还是一个鱼米之乡，物产至为丰富，土特产也很多，如陈皮酒，凡是热爱家乡味的人，每次回来都少不了去茶馆吃一次鱼汤面，在面上还加上油炸的鳝鱼丝，俗称脆鱼。我还专访过黄海之滨的弶港镇，一览海阔天空的景色，瞭望远方的片片滩涂，品尝了童年时就吃过的海鲜，诸如黄鳘、鲨鱼、文蛤、竹蛏等等。

刚回到故乡时就听说，现任的父母官与祖父曾有过忘年交，于是决定在走以前去拜访他，没有想到这位颇具儒雅气质的长辈竟在百忙之中先于我来到了我的住地。当谈到东台未来的建设和发展，这位城市的决策人露出了运筹帷幄的慷慨。我相信储书记的话："东台会以它自身的优势跳出苏北，超越自我，全面融入飞速前进的时代潮流。"

故乡，故乡！你养育了祖父和我的父辈，今天你又用一腔淳朴、一种温馨悄然占据了我记忆中最清晰的席位，我想我已不能把你抹去，哪怕走到生命的遥远，我也会带着对你的思念反反复复、朝朝暮暮，直到永远！

注：此文是本人为中央电视台文艺频道《难忘故乡情》电视文学系列片所写的解说撰文。

玉溪行

七月底的南宁，正值盛夏，但是当飞机平稳地降落在长水国际机场时，却令人感到有几分凉意，真是久闻昆明四季如春，亲临更觉春意浓啊。

时逢纪念无产阶级革命音乐先驱聂耳逝世五十周年，冼星海诞辰八十周年、逝世四十周年，为了缅怀中华民族所走过的艰难历程，全国组织了各种纪念活动。作为音乐界的重要活动之一，云南组织了"第二届聂耳音乐周"。在丰富多彩的活动中，给我印象最深的要算玉溪之行了。

玉溪，聂耳的故乡，当年聂耳在上海从事进步活动时，常以"浣玉"作为笔名发表文章，意为洗净的玉石，或坚强纯洁的玉溪人。这名字，在日本帝国主义铁蹄下的中国，不正象征着千千万万颗不甘受蹂躏的、刚毅的中国心吗？聂耳也正是怀着这样一颗赤子之心，为中华民族的自由和独立奉献了短暂的一生。

这是一个典型的春城之晨，我们代表团一行三十多人乘车前往离昆明市一百多公里的玉溪，一路上，热情的昆明人为我们介绍着云南的风土人情。车旁，闪过一排排挺立的白杨，一丛丛果实累累的桃树，大片大片的烟叶地里洋溢着丰收的景象。听说，有名的阿诗玛香烟就出产于这一带。路旁，一筐筐新采摘的鲜桃露出粉红的笑脸，惹得过往车辆都不禁放慢了车速。我静静地欣赏着窗外的景色，呼吸着新鲜的空气，这空气里有一种异常的清香，仿佛是饮了一杯沁人心脾的甘露。我暗自赞叹，哦，这就是养育聂耳的故土。

车到玉溪，我们首先瞻仰了新落成的聂耳铜像，这是玉溪群众自发捐款建造的，表达了故乡人民对聂耳的崇敬和怀念。铜像坐落在玉溪市中心，远看，聂耳矗立花丛，身穿风衣，挥动双臂，像是在指挥着民众高唱抗日战歌；近看，他双眉紧锁，微动的嘴唇仍在唱着"起来，不愿做奴隶的人们……"不知是谁问道："这座铜像约有多高？"主人告诉我们："它高二米四，寓意聂耳逝世的年龄（二十四岁）"。

离开铜像，漫步玉溪，随着主人的引导寻找着聂耳的踪迹。城镇师范学校的广场上，仿佛仍见他绘声绘色地演出；街头茶馆里，他正沉浸在民间戏曲的欣赏和收集；乡间的田园上，仍回荡着他的歌声；玉溪的池塘边，那健壮的身影仍在戏水、游觅。他身着长衫，戴着鸭舌帽与进步青年们奔走于大街小巷。他热情开朗，真挚诚恳地把一腔激情注入时代的音符。《义勇军进行曲》《码头工人歌》《大路歌》《铁蹄下的歌女》《新女性》……他不停地用歌曲喊出劳动人民心底的呼声，用坚定而悲壮的旋律鼓舞人们奋起抗争的斗志，这就是聂耳，这就是中国无产阶级音乐的代表。

半个多世纪过去了，我们的国家在经历了风云激荡的巨大变化之后，如今正处在一个伟大的改革时代，而聂耳的歌曲仍随着时代流传，并且具有一定的现实意义。他曾豪迈地唱出了"我们是开路的先锋"！是的，我们应该做开路先锋，继承这种改革创新的精神，去开拓民族自己的新兴音乐之路，开创一代新乐风。

再见了玉溪，愿这美丽的地方永远回荡聂耳的歌声，愿我们的民族音乐像孔雀开屏那样绚丽多彩！

（本文刊发于《广西日报》1985年8月31日第三版）

第五卷 小雅札

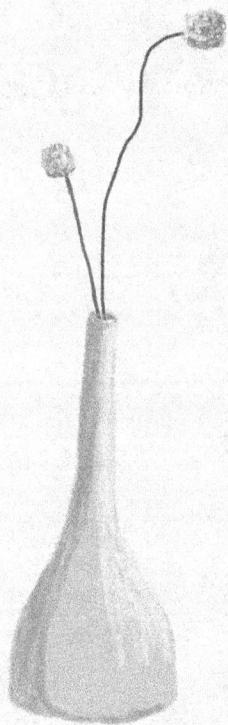

当太多的情绪需要最直接的
表达时，便有了简约而不简
单的诗与词。

祖国是什么

　　——写在2019年9月公演后

神圣的殿堂

耳边，响起了《祖国颂》

这不禁让我默默思考

——祖国是什么？

我知道，在茫茫人海中我们只是沧海一粟，

我知道，在人生风雨中我们都曾感到过无助。

于是，我们在风浪里奋力地辨别方向，

我们在生命的沉浮里苦苦地找寻信仰。

直到那一天，

当我看见那面鲜艳的五星红旗，

我的内心豁然开朗——

祖国，是我血液里流动的基因，

是我生命画卷里无法覆盖的底色。

是我在这大地上的根，是我在人间避风的港。

祖国是什么？

是如父如母般的慈爱陪伴我们一生的成长，

是如兄如弟般的臂膀呵护我们一生的平安。

是自然灾害面前党和政府众志成城的力量，

是外敌进犯时人民子弟兵筑起的铁壁铜墙。

祖国啊，是五千年的文化在黄河中流淌，

是悠久历史的沉淀托起的巍巍泰山。

是袅袅炊烟、大地飞歌的中国故事，

是英雄辈出、各领风骚的中国梦。

祖国是什么？

是凝心聚力的人民共和，

是不畏强权的中流砥柱。

是日新月异的砥砺前行，

是海纳百川的共谋发展。

祖国啊，是一年四季春华秋实的富裕，

是日复一日花好月圆的美满。

是孩子脸上无忧无虑的喜乐，

是老人脸上皱纹里透出的安详。

祖国是什么？

她是青山绿水，是森林牧场，

是你生长的村庄，是我生活的城市，

是你熟悉的院落，是我依恋的小屋。

是血脉相通的牵挂，是乡音和谐的交响。

也许你到过世界上许多美丽的地方；

也许你见过许多辉煌的殿堂；

可那里没有长江、没有长城，

没有我们牙牙学语的记忆，

也没有我们从小就在一起的玩伴儿，

更没有我们那难以说尽的人情风土。

噢，既然这些都没有

那么，祖国就是一个不可替代的地方，

是我们无论走多远都要回归的方向。

祖国啊，是同一片蓝天下的五湖四海，

是亲如一家的各民族兄弟姐妹。

祖国啊，是那一缕可以渗透所有语言的阳光，

是那一声可以温暖世界每个角落的呼唤。

祖国啊，是不忘初心、继往开来的一代又一代，

祖国啊，是承载中华民族伟大复兴的诺亚方舟。

不用再问也不用再想，

天佑中华，大爱无疆。

阳光普照，国富民强。

这，就是我们共同的家园，

这，就是我的祖国——我们可爱的家乡！

母亲

曲：张文明

演唱：郁钧剑

含着热泪站在你的面前

我是你盼归的孩儿

带着祝福站在你的面前

我是你用生命唱的那支歌

母亲啊母亲

都说你这辈子苦

有谁知你一生平凡半生坎坷

母亲啊母亲

都说你这辈子难

有谁知你一世情缘半生苦涩

你是人生长河上的纤夫

风雨兼程一路沉默

你是大地捧出的一份美丽

永远给人类是春色

背起行装站在你的面前

我是你放飞的白鸽

带着嘱托站在你的面前

我是你用心血燃起的那团火

母亲啊母亲

从没听你说过苦

长大后才知道你把苦水往肚里咽

母亲啊母亲

从没听你说过难

长大后才知道你的眼泪化在彩云间

你是人生长河上的风帆

风雨兼程一路高歌

你是大地捧出的一份成熟

永远给人类是丰硕

父亲

曲：张文明

演唱：唐佩珠

小时候父亲对我总是很严

那老想飞出窗外的心

总躲不过父亲的双眼

小时候父亲对我总是很严

那老是离不开大人的娇气

只能悄悄藏在梦里边

许多的委屈变成了偷偷的泪

许多的布娃娃冷落在墙角边

许多的不情愿装进不懂事的脸

许多的不明白留在不经事的童年

长大后我才知道

父亲的情怀是女儿闪光的华年

长大后我才明白

父亲的慈爱滋润着女儿心田

小时候父亲对我总是很严

那老想飞出窗外的心

总躲不过父亲的双眼

小时候父亲对我总是很严

那老是离不开大人的娇气

只能悄悄藏在梦里边

许多的寂寞变成了偷偷的泪

许多的好奇心挂满了天边月

许多的道理装进不懂事的脸

许多的真故事留在难忘的童年

长大后我才知道

父亲的情怀是女儿闪光的华年

长大后我才明白

父亲的慈爱滋润着女儿心田

南方的故事

曲：温中甲

演唱：罗宁娜

轻轻拉着记忆的手

思乡的情怀牵着爱走

小巷深处那扇熟悉的门

是否还记得那当年的人

轻轻拉着记忆的手

思乡的情怀牵着爱走

牌楼下的那张青石凳

是否还等着我在家门口

我的南方 我的小城

每当在异乡寂寞的时候

你就是枕边的那个温柔

轻轻拉着记忆的手

想家的情怀牵着爱走

阿爸心爱的那双旧板鞋

是否还清脆像歌一首

我的南方 我的小城

每当在人生路上独自走

我就会把你的身影贴在心头

芦笙阵阵吹

（苗族）

曲：王筱嫒

演唱：付笛生　任静

芦笙阵阵吹

月亮笑微微

芦笙阵阵吹

阿哥想阿妹

芦笙阵阵吹

月亮笑弯嘴

芦笙阵阵吹

阿哥叫阿妹

你看那火塘烧起来

烧得我的热血沸

你听那铜鼓敲起来

声声催促阿妹来

啊依耶依呀呀依

我的芦笙阵阵在呼唤

阿哥等妹等得累

芦笙阵阵吹

月亮笑微微

芦笙阵阵吹

妹向阿哥飞

芦笙阵阵吹

月亮笑弯嘴

芦笙阵阵吹

月亮和太阳来相会

你看那踩堂跳起来

姑娘小伙一对对

你听那山歌唱起来

声声句句惹人醉

来呀来呀

我的芦笙阵阵在倾诉

阿哥想妹心都碎

啊依耶依呀呀依

芦笙阵阵吹

月亮和太阳来相会

还是这片土地

（侗族）

曲：林海东

演唱：张蔷

还是这片土地

你的苍凉你的无奈你的贫瘠

还是这片土地

你的木楼你的灶台你的牛犁

我怎么也忘不了你

我这一生只属于你

还是这片土地

你的柔情你的葱绿你的甜蜜

还是这片土地

你的淳朴你的坚韧你的崛起

我怎么能舍得你

我这一生只属于你

瑶山谣

（瑶族）

曲：蓝启金

演唱：付笛生

出门见大山

抬腿上高坡

都说山里苦

苦一辈子也要活

喊一声山号子

震醒了沟垄壑

我要出山去

找一个新生活

情是碗里的酒

爱是深山的火

狂放是首古老的歌

日引凤凰夜做窝

喊一声山号子

震醒了沟垄墅

我要出山去

找一个新生活

又见大海

（京族）

曲：蓝启金

演唱：张也

在梦里在心里

千回百转思念着你

走千里走万里

总是忘不了是你的儿女

啊

沙滩还留着童年的足迹

葵林还留着青春的笑语

椰树下还留着温馨的甜蜜

又见大海

我的衷情不改

在眼里在心里

时时刻刻注视着你

走千里走万里

生命的缆绳总在你手里

啊

让我为你牵来彩云

让我为你点亮繁星

我要敞开心灵敞开胸怀拥抱你

又见大海

我的衷情不改

满天星光

曲：刘青

演唱：李丹阳

唱一首歌

让世界多一份真诚

说一段故事

让平凡的人感动不平凡的人生

大地沉默

因为它丰厚辽阔

蓝天无私

因为它奉献太阳的辉煌

点燃红烛

让祝福延伸一份爱的永恒

诵一首小诗

让普通与光荣同享无悔的人生

山河沉默

因为它眷恋着大地

满天星光

最懂你们对祖国永远的赤诚

等待

万物复苏的青翠是对春天的等待

花开花落的萧瑟是对成熟的等待

银装素裹的沉默是对孕育的等待

雨过天晴的明媚是对彩虹的等待

阳光是对月色的等待

良宵是对晨曦的等待

江河是对大海的等待

山川是对葱茏的等待

风华正茂的时候是对激情的等待

踌躇满志的时候是对机遇的等待

春华秋实的时候是对收获的等待

壮心不已的时候是对实力的等待

青春是对憧憬的等待

时光是对记忆的等待

生活是对命运的等待

岁月是对年轮的等待

相爱的缘分是对真诚的等待

相伴的人生是对执着的等待

海誓山盟的承诺是对未来的等待

同甘共苦的经历是对幸福的等待

等待是守着寂寞的深刻

等待是沉淀欲望的冰河

等待是不再抱怨的理智

等待是坚守信念的平和

一生中谁不曾等待

也许你曾辉煌也许你曾无奈

一生中不能没有等待

它让痛苦走开让爱重来

结婚十年

把爱打上包装送给你

请不要轻易把它打开

就让它保持一些神秘

彼此的心更愿意靠在一起

把爱打上包装送给你

让现在和过去都成为"也许"

岁月洗礼磨旧了感情的记忆

温暖和幸福是一年一年变老的经历

面对热恋时滚烫的话语

我只想对你说

愿与你把平淡进行到底

老了真好

老了真好，不忧不虑不自扰，也不再瞻前顾后图烦恼。放下了功名的纸醉金迷，也放下了利益的多与少。人生风雨都经过，哭着笑着都觉好。

老了真好，先知先觉是个宝，也不用患得患失追着时代跑。快乐着儿时的快乐，幸福着回忆中的幸福。慢说慢步慢生活，忙碌悠闲都是好。

老了就不怕风霜雪雨，老了就可以随心所欲。

老了才有优雅的资本，老了才有儒雅的风范。

夕阳多美好，平淡才从容。为霞尚满天，何必羡彩虹。

心自由，就不管身在何方乐逍遥，

命运握在手，就不怕三高五险把我扰，

一辈子苦乐酿成酒，

岁月经年皆笑傲。

女人心

有颗心像水晶，玲珑剔透好晶莹。不怕风、不怕雨，风吹雨打更柔情。

有颗心像水晶，磊落光明好纯净。花年华、蕊样沁，一路芬芳谱丹心。

这颗心就是女人心，一生爱恨总关情。这颗心就是女人心，花开花落都是风景。

有颗心值千金，多少故事藏在心。春风过、秋叶落，洗尽铅华度光阴。

有颗心值千金，痛苦寂寞从不说。风能挡、雨能扛，用爱写就夏冬秋。

这颗心就是女人心，一路芳华伴歌行。这颗心就是女人心，一生爱恨总关情。

幸福是一种感觉

有时是痛苦后的一点安慰

有时是快乐前的一点预感

没有什么比想象更好的满足

也没有什么比失去更大的痛苦

幸福是一点点忘却的平和

还有偶尔的缺心眼

你争我夺的竞技场

像开不倒的饭馆儿

但并不妨碍痛并快乐着的自嗨族

多元的生活讲的就是多元的幸福

大山与高楼不过就差那一点素质

科技的速度也要有原始的动力

无极原生态说不定就是离幸福最近的起点

在一切都可以用速度来竞争用信息来炒作的时代

给自己一种简单的态度

给周遭一份无知的从容

让真实的笑意随阳光去普照幸福

后记：米粒苔花向牡丹

人生就如一场旅行。路上有风景，脚下有坎坷。年轻时，眼到心未到；成熟了，身到情也到；年长后，人未到心已远。

心态决定状态，这是我于自然万物数年来的经历中得出的感悟。这洋洋洒洒的文字，我也在试图绘"声"绘"色"地推演出随遇而安的结论。于是，无论游记、散文、随笔、诗词，写的都是情之短长、爱之深浅；说的都是人之寡众、生之多彩。

当求名逐利成为理直气壮的生存本能的时候，复杂的人际、激烈的职场、浮躁的周遭，人们已习惯更多地关注形式而不是心志。加上"三十而立"的古训，催生出各种成者"骄"，败者更"焦"的社会形态。于是，一个曾经北漂数十年，也痴迷过成名赚钱，醉心于职场打拼的我，开始拿起笔，点滴记录那些来的心迹、去的方向。希望这合着心跳律动的字里行间，能为读者朋友呈现出从理想的天空到落地生根的内心拼图；通过与自然山水的亲密接触，在凡人小事里感受耳鬓厮磨，于天地造化中见证千岩竞秀。将人生可以普普通通、生活可以平平淡淡的道理融入文字、化作意象，让它在经历千山万水、五味杂陈后沉淀得恬静而美好，如影随形。

此时，心里还是忍不住生出一份凡人的欲望：愿《随心所遇》在"铅"山"字"海中，能以她的真诚、素雅，演绎一段"苔花如米小，也学牡丹开"的气性和眼缘。

茫茫人海、浩瀚文山，我们能在某个不经意的转角回眸对视，你甚至点击或翻阅到这段《随心所遇》的旅程，实乃缘分。如蒙欢喜，不胜兴之。谢谢你！

2023年8月14日于雨润和府